Der Autor

Roland E. Ruf * 1939

lebt und arbeitet in Freiburg im Breisgau

www.roland-e-ruf.de

Roland E. Ruf

NACHTS

ZWISCHEN ZWÖLF UND EINS

UNTERWEGS MIT GESPENSTERN

 tredition®

© 2017 Roland E. Ruf

Verlag und Druck: tredition GmbH, Halenreihe 42, 22359 Hamburg

Gestaltung und Illustration: Inge Reuter-Eck

ISBN
Paperback: 978-3-7439-7230-8
Hardcover: 978-3-7439-7231-5
e-Book: 978-3-7439-7232-2

Angekommen

Ein kurzer Satz von der Plattform des Waggons auf den Bahnsteig - angekommen! Während der Fahrt mit der Schmalspurbahn lehnte ich am herabgelassenen Fenster, das Kinn auf die angewinkelten Arme über dem Rahmenholz gestützt und sah in die vorbeifließende Landschaft. Papas Warnung, bei dieser Rüttelfahrt mich irgendwann in die Wange zu beißen, habe ich ignoriert. Das sagen halt Erwachsene, weil sie alles Schlimme schon voraussehen. Beim ersten Abbremsen gab es tatsächlich einen Ruck, und dann war's passiert! Einmal nur, und danach habe ich aufgepasst. Aber der Ruß flog mir ins Gesicht. Jetzt brennen die Augen.

Auf dem Bahnsteig wollte ich gleich nach vorne zur Lokomotive. Papa schnappte mich am Genick und schob mich vor eine fremde Frau. Hinter der stand ein Mann, der kam zu mir und strich mir über den Kopf. *Gib die Hand und mach einen Diener!* sagte Papa. Die Frau lachte und legte den Arm um meine Schultern. *Lass ihm Zeit, Mano! Er wird sich schon an uns gewöhnen.* Dann beugte sie sich zu mir. *Gell Roland, das bekommen wir hin!*

Heraus aus der Enge einer überbelegten Wohnung, fort von Spannungen und Streit zwischen Erwachsenen. Drei Wochen Sommerferien bei Tante Caroline und Onkel Ferdinand mit einem Damenrad zum Üben und einem Freibad unten am Fluss!
Am folgenden Tag würde Papa ohne mich zurückfahren. Ich war elf, kam mir schon recht selbständig vor und blieb gerne bei diesen freundlichen Verwandten. Radfahren konnte ich ja schon einigermaßen,

Schwimmen nicht. Unter Onkel Ferdinands Anleitung schaffte ich es bald im Tiefen quer über das Becken.

Nun standen wir noch auf dem Bahnsteig. Die Erwachsenen redeten und redeten. Worüber wohl?! Über den Krieg und die lange Zeit, in der sie sich nicht sehen konnten. Die neue Tante, eigentlich Papas Tante, strich mir ein ums andere Mal über das Haar. Ich schaute währenddessen nach der Lokomotive, die ohne Waggons ein Stück nach vorne rückte. Der Mann in schwarzer Hose und Jacke, der zuvor zwischen Lokomotive und dem ersten Waggon verschwunden war, um die Lok abzuhängen, ging über die Gleise und stellte eine Weiche. Langsam näherte sich die Lok. Er sprang auf ein Trittbrett, hielt sich am Griff und schwenkte den freien Arm, als müsse er dem Lokführer den Weg weisen. Der lehnte am Seitenfenster, verschwand für einen Moment. Dann fuhr die Lok in Rückwärtsfahrt auf dem Gleis gegenüber an uns vorbei.

Bevor ich loslaufen konnte, um zu sehen, wie die Lokomotive wieder angekoppelt wurde, sagte Tante Caroline: *Nun kommt endlich! Im Café am Markt redet sich's gemütlicher als hier auf dem zugigen Bahnsteig. Außerdem, der Junge braucht nach der langen Reise etwas in den Magen.*

Das habe ich gerne gehört und die Lokomotive sogleich vergessen. In einem Café war ich bisher nur einmal. Das war im Krieg mit Onkel Kurt in Breslau. Es gab Brottorte auf Marken, die hat nicht geschmeckt. So freute ich mich auf ein süßes Gebäck oder gar ein Stück Torte, eines mit Schokoladeüberzug.

Onkel Ferdinand nahm wortlos meinen kleinen Pappkoffer und Papa seinen Rucksack. Auf dem Vorplatz angelangt, zeigte er auf ein kleines Auto, überquerte die Fahrbahn und öffnete die Beifahrertür. *Mein Leukoplastbomber von Lloyd*, sagte er stolz. Dann verstaute er das Gepäck und hieß uns einsteigen. Papa zwängte sich auf den Rücksitz und stellte die Beine quer. Tante Caroline saß vor mir neben Onkel Ferdinand. Mir blieb kaum Platz.

Der kleine Wagen schüttelte über das Kopfsteinpflaster, eine bläuliche Auspufffahne hinter sich. Na ja, ein Zweitakter! Zum Glück endete die Fahrt nach wenigen Minuten auf einem Platz vor einem stattlichen Haus. Tante Caroline zeigte auf ein blaues Schild: P nur für Droschken! Der Onkel brummte . . . *von Amtsschimmeln gezogen* und holte aus dem Handschuhfach ein kleines Pappschild, darauf ein Storch mit einem Baby im Tuch am Schnabel. Das hängte er an den Rückspiegel. Die Tante schmunzelte. *Ich bin tatsächlich Hebamme. Hab' fast vergessen, dass wir mit dem Schildchen hier frei parken dürfen! - Du!* scherzte der Onkel.

Wo das war, kann ich heute nicht mit Gewissheit sagen: auf jeden Fall in einem Städtchen in Hessen! Alle, die ich fragen könnte, leben nicht mehr. Doch gewiss ist, dass meine Großmutter und Onkel Ferdinand, ihr Bruder, aus einem Dorf am Vogelsberg stammten. Uns Kindern gegenüber hat sie sich selbst als die *hessisch' Oma* bezeichnet.

Tante Caroline und Onkel Ferdinand nahmen sich viel Zeit für mich. Sie wussten zu beinahe jeder Örtlichkeit, jedem Haus etwas zu berichten. Am Abendbrottisch erzählte der Onkel von zwei Gespenstern, die angeblich zur Geisterstunde der Gruft unter der Stadtkirche entweichen und die

Das bin ich mit Tante Caroline

Bürger mit ihren Taten verwirren. *Die gibt es wirklich, glaub' mir das!* beteuerte er und berief sich auf einen Journalisten vom Kreisblatt. Dabei zwinkerte er mit einem Auge, so war ich beruhigt.

Als ich dann mit ihm unten in der Gruft stand, und an der Hand einen feinen Lufthauch aus dem Schlitz zwischen Steinsarg und Deckelplatte zu spüren meinte, kamen mir Bedenken. Wäre es nicht doch möglich, dass der Journalist mehr wusste?

Ach was, da passt kein Gespenst hindurch! Und überhaupt, Gespenster gibt es nicht!

◆

Die erste Geschichte

Über die breite Treppe vom Marktplatz steigen wir zur gotischen Stadtkirche hinauf, schauen über Dächer und schmale Gassen hinunter zum Fluss – ein breites Panoramabild, durch das unsere Augen streifen. Folge mir, so gewinnst du einen Überblick und kannst dir nach und nach vorstellen, wohin dich die Geschichten führen.

Sehen wir uns nun im Inneren der Kirche um! Das große Portal ist verschlossen, aber auf der Seite bleibt stets eine Tür offen. Man sitzt versonnen in einer Bankreihe, genießt in dämmrigem Licht die Stille. Will es der Zufall, übt ein fremder Organist für das nächste Konzert des Kulturkreises. Orgelklänge hallen durch das Kirchenschiff. Verwundert schaut der Gottessohn am Kreuz zur Orgelempore und Gottes Geist schwebt erstaunt unter dem Gewölbe. Üblicherweise quält der Herr Lehrer Schlamm die Gemeinde auf dem Harmonium mit quäkender Liedbegleitung. Zum Treten des Pedalwerks der großen Orgel sind seine Beine zu kurz.

Leicht möglich, dass du im Dämmerlicht die schmale Treppe übersiehst, die unter den Chorraum führt. Steig vorsichtig hinab! Nur sparsam gelangt über schlitzförmige Öffnungen Licht in das Dunkel des Raumes. Du stehst in einer Gruft. Haben sich deine Augen an die Düsternis gewöhnt, bemerkst du zwei steinerne Sarkophage, darüber schwere Deckel. Taste die Stelle ab, wo sie aufliegen. Fühlst du auch einen schwachen Luftzug aus den hauchdünnen Spalten?

Hier ruhen Sigismund der Bärtige und seine Gattin Annabelle die Schöne, die man zu Lebzeiten ihrer Klugheit und Grazie wegen rühmte. Doch halt! Zu Füßen ihrer Gebeine befindet sich ein weiterer Sarkophag, ein ausgesprochen kleiner, den du in der Düsternis übersehen hast, die letzte Ruhestätte der kleinen Genoveva. Sie war das Töchterchen von Sigismund und Annabelle.

Genoveva soll ein sehr lebhaftes Kind gewesen sein, das nicht gerne seinen Haferbrei aufaß. Also rührte die Amme einen zweiten Löffel Honig unter und versuchte das Kind wie üblich zu füttern: *einen Löffel für Papa Graf, einen für Mama Gräfin* und weitere Löffel für die zahlreichen adligen Verwandten. Auf diese Weise bekam das Kind schon recht bald mit, in welcher Ahnenreihe es steht.

Genoveva griff nach dem Löffel, verstrich Brei auf der Tischplatte und ließ den Hund am Löffel lecken. Den Späßen eines Prinzesschens konnte eine einfache Amme nur mit Geduld begegnen; das Erziehen blieb Mutter Annabelle und dem Hauskaplan vorbehalten.

Eines Tages hatte das Kind bei der Breifütterung ein solches Theater aufgeführt, dass sich die Amme verzweifelt die Haare raufte. Das gefiel der kleinen Genoveva. Sie begann zu lachen, lachte und lachte in einem fort. Besorgt eilten die Lakaien herbei. Schließlich lachten auch sie, zunächst verhalten, denn sie befanden sich im Dienst, fielen dann lauthals in das Lachen des Kindes ein. Genoveva, das kleine Biest – sie war ganz bestimmt eines! – wollte nun erst recht nicht aufhören, und keiner beachtete den silbernen Breilöffel, den die Kleine nicht aus dem Mund genommen hatte. Plötzlich – schwupp! – hatte sie den Löffel verschluckt.

Aus, vorbei, tot! – Mutter Annabelle ertränkte sich im Burggraben. Vater Sigismund zettelte aus Verzweiflung mit seinem Nachbarn, Graf Hugo dem Schrecklichen, einen Krieg an und verlor prompt, nicht nur die Schlacht, auch das Leben! Sein Pferd war auf dem ausgeglitten, was einem Krieger hinten aus der Hose gefallen war, wohl aus Angst vor der unnötigen Metzelei.

Das Pferd taumelte; Sigismund fiel in seiner schweren Rüstung klirrend zu Boden. Und weil man soeben dabei war, den Burgberg des Grafen Hugo zu erstürmen, rollte er den steilen Hang hinab, geradewegs Bischof Adalbert vor die Hufe. Der Bischof war gekommen, um den Sieger der Schlacht alsbald zu begrüßen. Statt einer Siegesfeier erwartete ihn nun Arbeit. Anderntags las er die Totenmesse in der großen gotischen Kirche. Eine feierliche Angelegenheit in der kleinen Stadt, die daraufhin den Beschützer wechselte.

Da liegen sie nun seit etwa fünfhundert Jahren unten in der Gruft: der bärtige Sigismund, seine liebreizende Gattin Annabelle und Klein-Genoveva, das muntere Kind. Die Geschichtsschreibung hat sie nicht erwähnt. Doch in der kleinen Stadt ist die kriegerische Begebenheit nie völlig in Vergessenheit geraten, so wenig, dass streitende Nachbarn den freundlichen Rat erhalten, nun keine ‚Breilöffelschlacht' anzuzetteln.

*

Mit dem tiefen Klang des zwölften Schlags beschließt die große Glocke auf dem Kirchturm den Tag – Mitternacht, Geisterstunde! Sigismund streckt sich, stöhnt in tiefem Bass *Ooouuah!* Schwert und Schild, zum Zeichen seiner Tapferkeit auf ihm abgelegt, verrutschen klappernd. Auch Gattin Annabelle macht sich bemerkbar. Ein damenhaft-elegantes *Uuiiih"* dringt durch den Spalt unterhalb des Deckels. Das Zeichen für Klein-Genoveva, sich mit zartem *Aaiiih* zu melden. In der nächtlichen Stille des Kirchenschiffs verhallen die Geräusche.

Die Geister sind erwacht!

Mit einem Seufzer verlässt Annabelle die Schöne durch den Spalt zwischen Sarkophag und Abdeckung ihre Ruhestätte, schüttelt das Haar auf und ordnet ihr Gewand. Dann eilt sie die steile Treppe hinauf in die Kirchenhalle, um vor dem Kind oben zu sein. Weiß man, was ein kleines Gespenst unbeaufsichtigt anrichtet? Ein vorwitziges Wesen bleibt unberechenbar.

Bevor die beiden Gespenster zum Spuk aufbrechen, in welcher Gestalt auch immer, huschen sie in der menschenleeren Kirche einmal rundum. Gespenster haben ihre Gewohnheiten, sind auch an ihren vormaligen Lebensraum gebunden. Sie irren nicht ziellos durch die Nacht; die ihnen zugemessene Zeit wäre vertan. So darf es nicht verwundern, wenn das kleine Gespenst sogleich vor dem Hauptportal ungeduldig fragt: *Wo spuken wir denn heute, Mammi? - Sei bitte nicht so voreilig und warte ab!*, mahnt das große Gespenst. Auch das, wie in ihrem vormaligen Leben!

Spuken ist heutzutage nicht so einfach und will bedacht sein. Die Menschen sind anspruchsvoll geworden seit es elektrischen Strom, das Radio und das Kino gibt. Ein modernes Gespenst muss sich daher etwas einfallen lassen, um Aufmerksamkeit unter Lebenden zu erregen.

Und Sigismund? Angeblich hat er sich von der uns bekannten Schlacht noch nicht erholt, so dass er es nur äußerst selten schafft, sich von seinem Lager zu erheben. Ohne Schild und Schwert würde er das ohnehin nicht tun. Nun stell' dir aber einmal vor, wie ein männliches Gespenst, derart ausgestattet, spuken soll. Das wäre ja Schwerstarbeit, hatte doch Sigismund schon zu seiner Zeit wenig Neigung zu ernsthafter Tätigkeit verspürt.

Zu Füßen der breiten Treppe liegt in nächtlicher Stille der Marktplatz. Die Bürger schlafen. Alle? - Das wäre ungewöhnlich. Überall gibt es Menschen, die um Mitternacht noch nicht ins Bett gefunden haben, meist männlichen Geschlechts. Manche sind im Dienst oder lesen, andere sitzen im Wirtshaus.

An der Ecke zur Schustergasse befindet sich seit eh und je das kleine Weinlokal *Zur Ledersohle*. Schuster sind durstige Leute. Sie waren es, muss man korrekterweise sagen. Heute sind in der Gasse keine Schuster mehr anzutreffen, aber Textil- und Möbelgeschäfte, ein Reisebüro und unten am Ende der Gasse die *Tanzbar für gesellige Stunden*. Sie hat lediglich am Wochenende geöffnet - auf Beschluss des Gemeinderats *in Wahrung der Interessen einer arbeitsamen Bürgerschaft*. Verfasser der Vorlage war ein gewisser Doktor Fürchtegott. Wir werden ihn noch kennenlernen.

An der Theke lehnt, die Arme verschränkt, der Wirt und sieht einem von drei Herren am Stammtisch in das Skatblatt; sein Schützling zögert. *Stechen!* zischt der Wirt. In diesem Moment betreten zwei weibliche Wesen die Wirtsstube, das eine eine würdevolle Dame, das andere niedlich und fast noch ein Kind. Gegen ihre Gewohnheit nimmt die Skatrunde die Einmischung des Wirtes in ihr Spiel nicht zur Kenntnis. Aller Augen sind mit einem Mal auf die Tür gerichtet und verfolgen den Weg der beiden zu einem der Tische an der Fensterseite. Darunter auch das Augenpaar des Pfarrers, der an diesem Abend seinen beiden Leidenschaften frönt, dem Kartenspiel und dem Wein.

Und wer sind die Anderen? Der nach dem geistlichen Herrn ältere aus der Skatrunde ist ein ortsansässiger Essigfabrikant und der jüngere, dem der Wirt soeben in die Karten sah, der für Ort und Umgebung zuständige Journalist des Kreisblattes. Auf einen Wink des Essigfabrikanten hin rafft der Wirt sich auf, tritt an den Tisch der späten Gäste und erfragt deren Wünsche.

Ein Glas Milch bitte!, antwortet freundlich die Ältere. *Und mir gleichfalls!* schließt die Jüngere an. Milch in einem Weinlokal? Verlegen windet der Mann das Geschirrtuch in den Händen. *Bedaure, mit Milch kann ich um diese Zeit nicht dienen. Darf es ein Tee sein oder eine Apfelsaftschorle? - Dann bitte zweimal Pfefferminztee! Es ist nämlich recht kühl heute Nacht*, meint die Ältere. *Bitte sehr*, brummt der Wirt und verschwindet in der Küche.

Der Essigfabrikant - dankbar für die Ablenkung, er hat ein ausgesprochen mieses Blatt - überlegt, wie er mit der Dame ins Gespräch kommen könne, da wird der Blick des Pfarrers starr: Aus seinem

Weinglas sprudelt es, als habe sich eine wundersame Quelle aufgetan. Mit einem blaukarierten Taschentuch von beachtlicher Größe, versucht er den überfließenden Spätburgunder aus örtlicher Produktion aufzutupfen. Erfolglos! So ergreift der geistliche Herr beherzt das Glas und stellt es hinter sich auf den Tresen. Dort versiegt die Weinquelle alsbald. Sollte der Wirt, ein bekanntermaßen herber Spaßvogel, ihm ein Pulver untergemischt haben?

Dem Journalisten ist vor Staunen die Pfeife aus dem Mund gefallen, geradewegs auf die Knickerbocker des Essigfabrikanten. Der springt auf, um seine Hose zu retten. Auch der Pfarrer hat sich erhoben und schaut im Spülbecken des Tresens nach einem Lappen. Währenddessen taucht der Journalist unter dem Tisch ab und sucht nach seiner Tabakspfeife.

Im selben Moment kehrt der Wirt mit zwei dampfenden Teegläsern auf einem Tablett aus der Küche zurück, sieht die Weinpfütze und den Pfarrer mit Wischlappen, ruft *komme sogleich*! und eilt zum Tisch der weiblichen Wesen. Hinter ihm lacht der Journalist herzhaft auf. Der Wirt erschrickt und stolpert. Die vollen Gläser kippen und rutschen vom Tablett, zerschellen auf dem Boden, und ein frühlingshafter Strauß Schlüsselblumen hat den Ort gewechselt

Wie konnte das geschehen?

Zierte er eben noch den Nachbartisch, entsprießt er nun dem Weinglas des Essigfabrikanten. Der greift nach Reinigung der Hose geistesabwesend nach dem Glas, speit Schlüsselblumen und flucht. Der Journalist lacht lauthals. Dabei gleitet ihm die Brille von der schweißfeuchten Nase und landet in der Weinlache.

Das Durcheinander ist perfekt: ein mit beiden Händen im Weinsee auf dem Tisch patschender kurzsichtiger Journalist, der seine Sehhilfe sucht, ein im Gesicht geröteter geistlicher Herr mit Bluthochdruck und Wischtuch, der Essigfabrikant, die Schlüsselblumen aus seinem Weinglas klaubend und zwei weibliche Gäste, die auf ihren bestellten Pfefferminztee warten.

Als der Wirt sich bei diesen für seine Ungeschicklichkeit entschuldigen will, muss er feststellen, dass deren Stühle verlassen sind. Er fragt den Essigfabrikanten – offenbar der Einzige, der die Übersicht nicht verloren hat - ob die „Damen" eventuell zur Toilette gegangen sind. Der weiß nicht zu antworten und trinkt den Rest Wein aus seinem Glas.

Die sogenannten Damen bleiben verschwunden! Keiner der Herren hat das Rücken der Stühle wahrgenommen, keiner das Schließen der Tür gehört. Nur zwei Pfützen zeugen von ihrer Anwesenheit – der Rotwein auf dem Tisch und der Pfefferminztee auf dem Boden.

Der Wirt, vor Ärger aschfahl im Gesicht, sammelt die gröbsten Scherben auf und holt Kehrschaufel und Wischtuch. Der Pfarrer findet zur Sprache zurück, murmelt etwas von einem sehr spät gewordenen Abend und lässt sich die Rechnung geben. Auch die beiden anderen Herren zücken die Geldbörsen. Zurück bleibt ein Wirt, der kopfschüttelnd mit dem Aufräumen beginnt und am liebsten an Spuk glauben möchte.

Für die beiden Gespenster ist die Zeit für weitere Abenteuer knapp geworden. Lediglich die Bronzegestalt des örtlichen Heimatpoeten – in Anerkennung seiner Dichtkunst im vergangenen Jahrhundert auf dem Marktplatz aufgestellt - hält jetzt eine Rechnung über fünf Viertel Spätburgunder in der Hand. Die weist auf das Pfarrhaus gegenüber.

Die Turmuhr rasselt und gleich wird ein Glockenschlag das Ende der Geisterstunde verkünden. Da eilen zwei weibliche Gestalten – offenbar eine ältere und eine jüngere - auf das unverschlossene Seitenportal der Kirche zu.

Ja, ja, es gibt fromme Menschen in unserer Stadt, murmelt der Journalist, während er unsicheren Schritts den Marktplatz überquert. Doch dann stutzt er, schiebt die Brille hoch: Da steigt niemand die Stufen hinauf! Er nimmt die Brille ab, haucht über die Gläser und reibt sie mit dem Taschentuch. Das zeigt nun eine leichte Rotfärbung.

Kein Wunn . . . der! lallt er vor sich hin und stopft das Taschentuch in die Jackentasche.

◆

Die zweite Geschichte

Das Städtchen ist noch nicht so richtig in der modernen Welt ange-kommen. Noch immer werden die Dinge, die man zum Leben braucht, in den kleinen Geschäften gekauft, etwa beim Gemüsehänd-ler am Ende der Marktgasse oder in der Drogerie Feucht in der Burg-straße. Für Lebensmittel ist das Geschäft von Anton Krause zu emp-fehlen. Herr Krause hat den kleinen Laden um zwei Räume erweitert. Er ließ Wände herausbrechen, so gewann er Platz für Selbstbedie-nungsregale und ein großes Kühlregal. Herr Krause denkt fortschritt-lich!

Bei ihm sind die Zeiten vorbei, da jemand *Ein Pfund Zucker bitte!* sagte und er mit einer Schaufel Zucker aus der Schublade in eine Papiertüte füllte, diese auf die Waage stellte und Zucker von der Schaufel nachrieseln ließ, bis der Zeiger genau auf 500 Gramm stand. Auch kein *Bitte, was darf es noch sein?* ist mehr vonnöten. Stattdessen belädt man seinen Einkaufskorb mit der gewünschten Ware. Die al-ten Ladenmöbel und die lange Verkaufstheke haben ausgedient.

Dagegen verläuft das Einkaufen bei Editha Schmitt - Kurzwaren und Stoffe – in der alten Weise. Hier ist alles so geblieben wie zu Zeiten von Antonia Schmitt, Edithas Mutter. Wer Nähgarn, Knöpfe, Reißverschlüsse, Wolle und Unterwäsche braucht, geht zu Editha. Ein ganz besonderer Schatz sind ihre Stoffe. In Lagen gewickelt, liegen sie dicht gestapelt in einem offenen Regal, das bis unter die Decke des kleinen Ladens reicht. Schildchen, mit Nummern sorgfältig beschriftet, baumeln an Fäden. Wünscht jemand einen bestimmten Stoff, sagen wir einmal einen blauen Samt, sieht sie zuerst im Lagerbuch nach. Eigentlich überflüssig, denn selbstverständlich kennt sie ihren Stoffbestand. Aber gründlich, wie sie nun einmal ist, tut sie das zur Sicherheit. Leider kommen immer seltener Kunden, die nach einem Stoff fragen. Wer näht schon Kleider, Röcke und Blusen noch selbst? Allenfalls Frauen, deren Hobby das Schneidern ist.

*

Seit vielen hundert Jahren kommt man an anderer Stelle in der Stadt mit einem Hemd aus. Du ahnst es: unten in der Gruft der Stadtkirche. Am Nachmittag hatte ein junger Organist auf der großen Orgel geübt. Die Töne füllten das Kirchenschiff und sein Spiel lockte Zuhörer an. Danach kehrte im weiten Gotteshaus wieder Ruhe ein, vom stündlichen Glockenschlag unterbrochen.

Mit dem zwölften Schlag der Glocke regt es sich unten in der Gruft. Durch die weite Kirchenhalle zieht ein leiser Hauch. Niemand im Städtchen vermutet an diesem Ort ein Geschehen, das zu mitternächtlicher Stunde Gestalt annimmt.

Mammi, spielst du mit mir heute Kaufladen? Der immer wiederkehrende Wunsch des Kindes. Die Idee begeistert Annabelle nicht.

Klein-Genoveva möchte stets die Verkäuferin sein und die Mama muss sich einfallen lassen, was sie brauchen könnte. Für Annabelle ist das angesichts des heutigen Warenangebotes nicht einfach. Woher soll sie Waschpulver, Knäckebrot und Schokolade kennen oder gar Konservendosen? Als Frau des Burgherren ging sie weder einkaufen, noch musste sie sich um die Küche kümmern. Für die tägliche Arbeit hatte man Mägde und Knechte und in der Küche Isidor, den Koch. Allenfalls bestickten die Damen des Adels kunstvoll Gewänder, Wandbehänge und Kissen.

Allerdings ließ Annabelle den jährlichen Markt zum Kirchweihfest nie aus. In Begleitung ihrer Zofe und einer Hofdame schlenderte sie über den Markt. Das einfache Volk wich zur Seite, Bürgerdamen knicksten und ihre Begleiter lüpften die Kappen und verbeugten sich.

Annabelles Interesse galt feinen Stoffen, Spitzen - gehäkelt und geklöppelt - und bunten Seidenbändern, auch dem Schmuck auf Tischen der Silberschmiede. Die Stände mit Hühnern, Enten, Tauben, zerlegten Schweinen und großen Schinken beachtete sie nicht, naschte höchstens von angebotenem Honig oder Käse.

Körperlos durchgleiten Annabelle und Genoveva das Zentrum des Städtchens. Die Neon-Leuchtschrift *Krause Lebensmittel und Getränke* – auch eine neue Errungenschaft - ist in der Korngasse nicht zu übersehen. Annabelle kann lesen, keine Selbstverständlichkeit für eine adlige Dame zu jener Zeit. Für ein Mädchen ihres Standes gab es zwei Möglichkeiten: entweder sie heiratete einen Grafen oder sie ging ins Kloster und wurde Nonne. In beiden Fällen sei es vorteilhaft, wenn eine junge Frau aus vornehmer Familie lesen und schreiben könne, auch ein wenig Latein, Mathematik und die Laute schlagen, befand der Vater und hatte sie im Alter von acht Jahren einer Klosterschule anvertraut. Später stand sie als gebildete Burgherrin dem Gatten in den Alltagsgeschäften zur Seite. So brauchte er nicht den Kaplan zum Vorlesen von Briefen und Dokumenten. Man schrieb zudem in Latein, und weiß der Himmel, ob das alles stimmte, was ein Kaplan übersetzte!

Ja, als gebildete Nonne aus adligem Haus wäre Annabelle vielleicht sogar Äbtissin geworden. *Mama, dann hätte dir aber ein Mann gefehlt. Nonnen dürfen doch nicht heiraten!*, bemerkte Klein-Genoveva einmal. - *Ach Kind*, versuchte Annabelle dieses heikle Thema zu umgehen, *das war zu unserer Zeit nicht für alle Nonnen ein Problem.*

Durch den Ventilatorschacht schlüpfen sie in das Geschäft von Herrn Krause. Oh, hat sich das verändert! Es mag Jahre her sein, dass die beiden hier Kaufladen gespielt haben. Gespenster verfügen über ein anderes Zeitverständnis, als es uns geläufig ist. Kurz gesagt: ob vor Jahren oder gestern, das macht kaum einen Unterschied.

Genoveva saust an den Regalen entlang, zieht Packungen und Päckchen, Flaschen und Fläschchen heraus und stellt sie vor Mama Annabelle ab. Die hat sich, geduldig in das Spiel der Kleinen ergeben, automatisch hinter der Kasse niedergelassen, auf dem Drehsessel von Frau Krause.

Was tun mit all dem verpackten Zeug? Früher gab es hier Erbsen, Mehl, Zucker, Salz in Schubladen und Kaffee, Bonbons und saure Gurken in hohen Gläsern. Damals sah man, was man vor sich hatte, konnte einfüllen und abwiegen. Aber nun? – Nein, ein Selbstbedienungsgeschäft ist nichts für Gespenster, vielleicht in zweihundert Jahren, wenn sich neue Gespenster mit solchen Dingen auskennen. Doch die Entwicklung wird ihnen erneut vorauseilen. Vielleicht bestellen dann die Menschen über kleine Apparate im Haus die täglich gebrauchten Dinge. Die wird man ihnen liefern.

Annabelle, ordentlich wie sie ist, häuft die vom Töchterchen herbeigeschleppten Artikel in zwei Warenkörbe, die auf einem Stapel neben der Kasse stehen. Zu irgendetwas müssen die doch nützlich sein. Dann verlassen zwei enttäuschte Gespenster das Geschäft von Herrn Krause.

Martha, ruft der am Morgen seiner Frau an der Fischtheke zu, die in der ehemaligen Küche eingerichtet ist. *Wer hat gestern Abend seinen Einkauf an der Kasse zurückgelassen?* Frau Martha kann sich nicht erinnern, daher darf Lehrling Paul Packungen und Päckchen, Flaschen und Fläschchen wieder dorthin in die Regale bringen, wo sie ihren Platz haben.

Mutter Annabelle sorgt sich um die Stimmung ihrer Tochter. Wo findet man noch einen richtigen Kaufladen, in dem sich das Kind nicht langweilt? Beim Bäcker sind die Regale leer. Die Metzgerei daneben? Bitte nicht! Annabelle war Vegetarierin, würde man heute sagen. Auch keines der Modegeschäfte mit diesen mageren Plastikdamen in den Schaufenstern findet ihre Zustimmung. Aber am Ende der Gasse: *Editha Schmitt – Kurzwaren und Stoffe* auf einem Ladenschild unter einer kleinen Bogenlampe, das könnte ein lohnendes Ziel sein, sagt sie sich, das nörgelnde Kind an der Hand.

Ein Luftzug und beide befinden sich problemlos im Inneren! Keine modernen Türen mit Sicherheitsschlössern und Gummidichtungen.

Die alte Ladentür hat zum Rahmen hin Spalte und Schlitze, obgleich sie frisch gestrichen ist.

Oh schau mal!, freut sich das kleine Gespenst. Es hat die Knopfschubladen entdeckt, zieht eine nach der anderen auf und wühlt in den Fächern mit verschieden großen, farbigen Knöpfen. Das geht nicht geräuschlos vonstatten. *Sei bitte behutsam!*, mahnt das große Gespenst, das inzwischen an den Nähseide-Röllchen im Gütermann-Kasten Gefallen gefunden hat.

Klein-Genoveva legt Reihen mit verschiedenartigen Knöpfen aus, formt aus diesen Muster und ist so in ihr Tun vertieft, dass sie Mamas Freude an den Farbabstufungen der Nähgarn-Röllchen nicht mitbekommt. Aber nicht lange. *Ach, wie schön!*, jubelt sie und durchfährt mit beiden Händen das ausgelegte Farbsortiment.

Während die Kleine in den Garnröllchen kramt, blickt sich das große Gespenst im Laden um. Zwei Wandschränke mit Unterwäsche und dann das hohe, breite Regal mit den Stoffrollen, darunter Wollknäuel über Wollknäuel in quadratischen Fächern und hinten eine Schneiderpuppe in einem zum Sommerkleid drapierten Stoff.

Wie wunderbar!

An den gestapelten Stoffballen entlang schwebt das große Gespenst bis unter die Decke des Raumes, zieht einen blauen Samt hervor und beginnt sich damit graziös zu bedecken. Schade, im großen Spiegel sind nur übereinander gelegte Stoffbahnen zu sehen. Gespenster haben bekanntlich weder ein Spiegelbild, noch einen Schatten, was einem weiblichen erst erinnerlich wird, wenn es sich, wie Annabelle, im Schmuck der neuen Kleidung wähnt.

Schau mal! So ähnliche Kleider hat man zu unserer Zeit getragen, wendet sich die Mutter der spielenden Tochter zu. Das Wörtchen *früher* wäre nicht angemessen; die Zeit hat für Verstorbene keine Bedeutung, ausgenommen die Stunde zwischen zwölf und eins, die Geisterstunde.

Genoveva ist begeistert und möchte auch in einem neuen Kleid erscheinen. Sie zerrt an einer Rolle gelben Satins, bis die glänzende Pracht zu Boden fällt. Gelb, diese Farbe liebt Genoveva. Mutter Annabelle lässt sie auf einen Stuhl steigen und beginnt, ein Kleid um die Kleine zu drapieren. Würde das Editha Schmitt tun, hätte sie Stecknadeln auf einem Ärmelkissen und könnte die angelegten Stoffbahnen feststecken. Stecknadeln kennt Annabelle nicht. So mahnt sie die Tochter immer wieder: *Halt endlich still und den Stoff fest! Wenn du so zappelst, bring' ich ihn nicht um dich herum.* Genoveva gehorcht sofort, zu schön ist der fließende Satin. Mama kramt aus einer Schublade einige Meter himmelblaues Samtband hervor und bindet damit den Stoff in der Form eines Kleidchens um die Tochter.

Ein wirklich schmuckes Sommerkleidchen ist entstanden!

Das kleine Gespenst möchte sich im Spiegel bewundern. *Kindchen, du weißt doch, das geht nicht!,* sagt das große Gespenst mit tröstender Stimme. Genoveva schluchzt. Nein, Tränen fließen nicht. Gespenster können auch nicht weinen. Aber die angedeutete Form ihres Kleidchens erkennt sie – und freut sich doch.

Mama, in diesem Kleid würde ich gerne einmal spuken. - Es wird eine Gelegenheit geben, meine Kleine, meint die Mutter versonnen. Ja, was wäre alles möglich gewesen, hätte dieses Kind nicht seinen Breilöffel verschluckt? Aber ach, das geschah zu einer anderen Zeit.

Der Spaß will gar kein Ende nehmen: erst die Stoffe, dann die Nachthemden und schließlich die Unterwäsche - oh, diese moderne Unterwäsche! Mama ahnt nur, wozu ein BH taugen soll. Und dann ein Ding, das man sich um den Leib schnürt, um schlanker auszusehen als man ist. Meine Güte, was Frauen heute auf dem Körper haben! Schier unbegreiflich für zwei weibliche Gespenster, die vor fünfhundert Jahren ganz andere Kleidung trugen.

Der Glockenschlag vom Kirchturm schreckt sie aus ihrer Beschäftigung auf. Traurig, doch unabwendbar! Es ist an der Zeit, augenblicklich zu entschweben.

Zurück bleibt ein unvorstellbares Durcheinander an aufgezogenen Schubladen und abgerollten Stoffbahnen, kreuz und quer im Laden verteilt, dazwischen verstreut Knöpfe und Garnrollen. Nein, mit Ordnung hat das nichts zu tun, liebe Mama Annabelle!

Editha Schmitt trifft schier der Schlag, als sie am folgenden Morgen den Laden betritt. Das grauenvolle Werk von Einbrechern! Eine andere Ursache kann die Verwüstung nicht haben. Umgehend verständigt sie die Polizei, die in Gestalt von Wachtmeister Kümmel nach einer halben Stunde auf dem Dienstfahrrad eintrifft.

Kümmel sieht sich die Bescherung zunächst durch das Schaufenster an, entsichert dann seine Pistole und betritt mit dem Ruf *Hände hoch!* den Laden. Aus dem dunklen Hintergrund ihres Ladengeschäftes kommt völlig verängstigt, mit erhobenen Armen, Editha Schmitt hervor. Darf man einem überraschten Polizisten trauen?

Ach, Sie meine ich doch nicht! Gehen Sie zur Seite!, befiehlt der Wachtmeister. Er schleicht wie ein lauernder Fuchs, die schussbereite

Waffe vor sich haltend, vorsichtig Schritt für Schritt durch den Raum. Mit der linken Hand zieht er Stoffbahnen zur Seite und in der rechten hält er seine Pistole. Man kann ja nie wissen, ob sich der böse Kerl irgendwo versteckt hat, gar hinterhältig unter einem Tisch lauert und einem unvorsichtigen Polizisten ein Bein stellt.

Aber nichts, keiner mehr da!

Von der gegenüberliegenden Straßenseite beobachtet ein junger Mann von rundlicher Statur das umsichtige Vorgehen des Vertreters der staatlichen Ordnung. Sprungbereit, um bei einem Schuss – wenn einer fallen sollte! – eilends Deckung im nächsten Hauseingang zu suchen. Die auf der Nase verrutschte Brille behindert seine Sicht. Schemenhaft nimmt er wahr, wie Wachtmeister Kümmel die Pistole entsichert.

Als er im Dunkeln des Ladens Edithas erhobene Arme bemerkt, greift er nach dem Fotoapparat, schleicht sich an. *Ein Journalist darf das Risiko nicht scheuen*, sagt sich der tapfere junge Mann. Doch leider hat er das falsche Objektiv aufgeschraubt. Das wäre eine Aufnahme geworden: Wachtmeister Kümmel stellt den Einbrecher! Das Pressefoto des Jahres ist verpasst.

Wachtmeister Kümmel hat nun die unangenehme Aufgabe, ein Protokoll aufzusetzen. Aus der Brusttasche seiner Uniformjacke zieht er Notizblock und Bleistift und beginnt zu notieren: *Wirres Durcheinander aus branchenüblicher Ware. Keine Spuren eines Einbruchs. Nichts ist abhanden gekommen, die Ladenkasse unbeschädigt.* Nein, versichert Editha auf sein Befragen hin, sie stünde im Städtchen mit niemandem im Streit.

Welches Motiv steckt hinter dieser ausgeklügelten, ruchlosen Tat? Das fragt sich nicht nur der Polizeibeamte. *Das ist morgen im Lokalteil der passende Titel zu meinem Artikel,* stellt unser dicklicher Journalist für sich fest und verlässt zufrieden die Stätte kriminellen Geschehens.

Solche Ereignisse treffen meistens die Falschen. Die bedauernswerte Editha wird nun stundenlang aufzuräumen haben. Und was entdecken wir am nächsten Tagen im frisch dekorierten Schaufenster? Ein Frühlingskleidchen aus gelbem Satin mit blauem Samtband!

◆

Die dritte Geschichte

Große Ereignisse kündigen sich dadurch an, dass gelassen erscheinende Menschen plötzlich nervös werden, so auch Apotheker Wendehals. An jedem anderen Tag, nur nicht heute, wäre man von ihm in der Apotheke am Marktplatz mit großer Ruhe bedient worden. Ob man eines Abführmittels bedarf oder ein das Gegenteil bewirkendes, er erkundigt sich stets gelassen nach den Erscheinungsformen des Leidens. Apotheker Wendehals spricht nicht viel, aber was er verabreicht, das hilft. Und tut es das einmal nicht, ja, dann ist einer wirklich krank und braucht den Doktor in der nahen Kreisstadt. Vom ortsansässigen Medikus Doktor Fürchtegott hält der Apotheker nicht viel. Der ist ihm zu geschwätzig.

Heute scheint Herr Wendehals also von Unruhe erfasst zu sein. Gegen seine Gewohnheit fragt er ungeduldig nach, sucht hastig nach Schächtelchen, Döschen und Fläschchen, schiebt das Gefundene mit einem knappen *Dreimal täglich vier Stück vor dem Essen!* über den

Ladentisch und kurbelt hektisch an der altertümlichen *Registrier-Cassa* Marke *National*. – Was hat ihn so verändert?

Verlassen wir die Apotheke und treten hinaus auf den Marktplatz. Der einzig Ruhige an diesem Ort ist heute der Heimatpoet - und der ist aus Bronze. Bleibst du jetzt nur wenige Minuten stehen, so darfst du sicher sein, den Stadtnoblen zu begegnen, jeder in großer Eile dem Rathaus zustrebend oder aus diesem kommend.

Schau, da vorne trippelt Notar Siegel in gebeugter Haltung dem Rathausportal zu, die alte Ledermappe unter dem Arm. Und aus diesem tritt soeben – welch ein Zufall! – ein jüngerer, etwas rundlicher Herr. Sein Gesicht ist gerötet und die Brille hängt auf der Nasenspitze. - Natürlich, der Journalist vom Kreisblättchen!

Weshalb haben die Herren heute keine Zeit füreinander? Selbstverständlich kennen sie sich bestens, und der Journalist lässt doch sonst keine Gelegenheit aus, einer möglichen Neuigkeit auf die Spur zu kommen. Und wenn einer im Städtchen über die Leute Bescheid weiß, dann Notar Siegel. Einem Notar wird so manches zugetragen, was Bürger gewöhnlich erst später erfahren, nachdem eine Nachricht beim Krämer oder beim Friseur hängen geblieben ist.

Vielleicht löst sich das Rätsel, wenn wir Notar Siegel unauffällig auf dem Weg ins Rathaus folgen.

Ohne zu zögern begibt er sich über die breite Treppe hinauf in das Obergeschoss, grüßt flüchtig bekannte Gesichter und verschwindet durch die schwere Doppeltür aus Eichenholz im Sitzungssaal. Schlüpfen wir mit ihm hinein, vorsichtig und leise. Fremde sind heute bei dieser Heimlichtuerei gewiss nicht gerne gesehen.

Über eine Ecke des für die Bedürfnisse der kleinen Stadt außergewöhnlich großen Beratungsraumes steht ein langer, breiter Tisch. Am Kopfende gewahren wir Herrn Bürgermeister Ambrosius Glatt geschäftig mit Papieren hantieren. Im Augenblick ruft er einen Amtsboten herbei, leckt einen Briefumschlag an, in den er zuvor ein gefaltetes Blatt gesteckt hat. Zwischendurch diktiert er Fräulein Marie-Luise Meisel, seiner langjährigen Sekretärin, einen Text. Der hört sich wie ein besonders wichtiges – wichtig ist hier ohnehin alles! – Vertragswerk an. Von Schankerlaubnis und einer verschobenen Polizeistunde ist die Rede, von der Sorge um eine ausreichende Anzahl mobiler Toiletten und von zu vermeidenden Störungen der öffentlichen Ordnung.

Ab und zu fährt er sich mit einem Finger, den er in Hautcreme taucht, über die Glatze, die deshalb glänzt. Das Döschen mit der Creme hat er gewöhnlich in der Jackentasche. Die ganze Stadt kennt diese typische Geste ihres Bürgermeisters und weiß sie auch zu deuten: Der Herr Bürgermeister ist sehr nachdenklich, und Nachdenklichkeit kann zur vorzeitigen Faltenbildung auf der Kopfhaut beitragen.

Um den unteren Teil des großen Tisches sitzen oder stehen über einen großen Bogen Packpapier gebeugt – kauern wäre zutreffender – weitere Herren. Sie zeichnen Linien, schraffieren entstehende Felder und markieren dazwischen Wege. Dann beginnen sie mit Holzklötzchen in unterschiedlichen Größen zu hantieren, versehen diese mit Zeichen und stellen sie auf den von Tischkante zu Tischkante reichenden Bogen, der ein Plan zu sein scheint. Mit unterdrückten Stimmen rücken sie die Klötzchen, nehmen einzelne wieder weg und setzen sie an andere Stelle. Im Auftrag der Stadtverwaltung hat Schreinermeister Streiflinger die Klötzchen gesägt und in einem Karton angeliefert, vor wenigen Minuten erst.

Zigarrenqualm und gedämpfte Gespräche begleiten dieses emsige Tun. Der Herr Bürgermeister sieht ab und zu von seinen Papieren auf, wirft einen nachdenklichen Blick auf die Klötzchen schiebenden Herren und vertieft sich dann wieder in das Verfassen eines Textes. Lediglich der hinzutretende Notar Siegel findet seine Aufmerksamkeit. Der nimmt auf dem ihm angebotenen Stuhl neben dem Herrn Bürgermeister Platz. Beide sprechen, über aufgeschlagene Aktenordner gebeugt, leise miteinander. Ihre Zeigefinger gleiten über Textstellen auf den Aktenseiten, gelegentlich deuten sie auf einzelne Worte. Dann diktiert der Bürgermeister wieder einige Sätze, blickt den Notar fragend an, der ihm nickend zustimmt. Die anderen Herren dürfen weiter mit den Holzklötzchen spielen.

Was geht hier vor?

Die große Planungsschlacht für das herbstliche Stadtfest nimmt ihren Lauf, und wir befinden uns im Zentrum der Entscheidungen.

Die Herren mit den Holzklötzchen platzieren Schiffschaukeln, Kettenkarussells, den Autoskooter, Schießbuden, Verkaufsstände und Wurstgrill, erstmals auch einen Pommes-frites-Stand, die Glückslotterie, den Wagen des international bekannten Magiers und selbstverständlich das große Festzelt mit Bierausschank und Blasmusik. Eine alte Geisterbahn ist ebenfalls angekündigt. Man hat sie an den Rand des Festplatzes geschoben. Sie soll nicht sonderlich attraktiv sein. Doch Kinder und Verliebte mögen nun einmal ein bisschen Grusel aus Gips, Holz und Segeltuch im Schummerlicht.

Die Herren streiten um die begehrten Plätze im Zentrum. Die am Rand sind erfahrungsgemäß weniger einträglich. Und vom Verkaufen verstehen diese Herren etwas, die wichtigsten Vertreter des Gewerbefleißes im Städtchen. Jeder hat seinen Favoriten und versucht, diesem einen günstigen Platz zu sichern.

Beispielsweise Glasermeister Scherblich, Mitglied des Gemeinderats und an diesem Tisch anwesend, hat seinem Nachbarn, Metzgermeister Schwänzlein, zugesagt, ihm die Belieferung von Festzelt und Wurstgrill zu verschaffen, selbstverständlich unter Hinweis auf die hohe Qualität Schwänzleinscher Produkte.

So sorgt sich jeder dieser Herren am Planungstisch auf seine Weise um das Gelingen des Festes – zum Nutzen der Bürger. Und nun ahnen wir auch, weshalb so mancher in dieser kleinen Stadt momentan etwas unruhig ist und große Eile hat, rechtzeitig ins Rathaus zu gelangen. – Die Konkurrenz schläft nicht!

Am ersten Abend des Festes, einem Freitag, schallen Rummelplatzgeräusche vom Festgelände drunten im Tal neben dem Schwimmbad hinauf in die Stadt, ziehen durch Gassen und über Plätze. Wer kennt sie nicht, diese akustische Mischung aus Blasmusik, Drehorgelklängen, dem Klingen zahlreicher Glockenspiele und mechanischer Klaviere, durchmischt von Rufen und Aufforderungen der Budenbesitzer und Karussellbetreiber:

„Herrreinspaziert! Damen und Herren! Kinder halbe Preise!

Lange kannst du nicht aus der Ferne zuhören! Du musst hingehen und dich hineingleiten lassen in die Atmosphäre eines Rummelplatzes. Die Beine tun das ohnehin von alleine. Und zurückkommen wirst du auch irgendwann, irgendwie.

Die Feuerwehrkapelle hat das Fest mit einem Tusch eröffnet. Bürgermeister Ambrosius Glatt hat das Bierfass angestochen – übrigens mit dem dritten Schlag. Wer laufen kann, ist gekommen, auch einige in Rollstühlen, von Pfadfindern geschoben. Des Stehens fähige Kleinkinder klammern sich an die Röcke ihrer Mütter. Väter tragen die etwas älteren auf den Schultern, damit man sie zwischen den vielen Beinpaaren nicht aus dem Auge verliert. Luftballons verschwinden am nachtdunklen Himmel. Und dann das große Feuerwerk! Unzählige *Aaahs!* und *Ooohs!* begleiten das Zerplatzen der Raketen, die ihre Glitzerfracht aufleuchtend am Nachthimmel verteilen.

Die Stunden verrinnen, Kehlen trocknen aus, und der Bierdurst wird immer heftiger. Die Polizeistunde ist verschoben und niemand kümmert sich um den mitternächtlichen Glockenschlag, der vom Turm der Stadtkirche, gedämpft durch den Rummelplatzlärm, die Festbesucher unten im Tal erreicht.

Wirklich niemand?

*

In der Gruft unter der Stadtkirche zählt heute jemand die Glockenschläge ganz genau. Klein-Genoveva, denn sie ahnt, was unten im Tal auf der Wiese am Fluss vor sich geht. Aufgeregt zupft sie Mutter Annabelle am Spukgewand. Die ziert sich noch ein wenig; ihre Frisur könnte nach dem langen Liegen gelitten haben. Gespenster sind ehemalige Menschen, und ein weibliches, dem ein Festbesuch bevorsteht, hat jetzt ein Problem.

Unsichtbar bleiben, das hieße an dem Spaß gar nicht beteiligt zu sein. Und sichtbar? – Dazu müssen beide Gespenster Menschengestalt annehmen. Aber welche? Es ist zu befürchten, dass man jene älteren Frauen wiedererkennt, die schon so manches Mal zu mitternächtlicher Stunde in Kneipen und Gassen aufgetaucht sind. Nein, das geht heute nicht!

Und dann stehen zwei hübsche Mädchen unter den Festbesuchern: Ein größeres, das die Backfischjahre hinter sich zu haben scheint, hält ein kleineres an der Hand. Das schaut so niedlich aus und zieht das größere Mädchen unablässig an der Hand, weil es ständig Neues entdeckt.!

Zunächst geht alles gut. Hand in Hand bummeln die Mädchen durch die von Verkaufsbuden gesäumten Gassen, bleiben stehen, staunen und lassen sich in der Menge treiben.

Am Zugang von der Straße her steht ein Mann und verkauft Zuckerwatte, die seine Frau in einem drehenden Kessel zubereitet. Er will gerade einpacken, da um diese späte Stunde nicht mehr mit Kindern zu rechnen ist. Und nun kommen diese beiden Mädchen auf ihn zu, blicken verwundert auf das verbliebene Büschel der weißen Pracht in seiner Hand. Da wird ihm warm ums Herz. *Gertrud, noch einmal!*, ruft er seiner Frau zu. Die dreht eine weitere Portion Zuckerwatte.

Bitte nehmt! Kostet nix, ihr Niedlichen. Heute Nacht seid ihr meine letzten Kunden, sagt er und drückt ihnen die Holzstäbchen mit weißem Zuckerwatteflausch in die Hände. Die „Niedlichen" bedanken sich artig mit einem Knicks, wie sich das für gut erzogene Mädchen gehört und ziehen weiter, halten die Zuckerwattebüschel achtlos mal vor sich, mal hinter sich. Gespenster essen ja nichts. Es gibt so viel zu sehen und die süße Pracht in ihren Händen ist bald vergessen.

Und dann passiert es! – Das kleine Gespenst möchte dem großen zeigen, wie hoch ein Bursche mit der Schiffschaukel kommt. Mit der Zuckerwatte in der Hand folgt es seinen Bewegungen . . . und landet mit dem klebrigen Watteflausch prompt im Gesicht eines älteren Herren. Der hat nun einen Zuckerwattebart. Auf solche Weise verziert, gefällt er sich offenbar gar nicht, obwohl Umstehende herzlich lachen. Er ist empört, holt aus, um dem unaufmerksamen kleinen Mädchen eine Ohrfeige zu geben, trifft aber nur auf Luft. Da ist nichts, auf was einer treffen könnte. Das ältere der beiden Mädchen ist darüber trotzdem so erbost, dass es diesem Herrn kurzerhand seinen Zuckerwattebausch aufs Haupt klebt.

Da steht er nun, der gute Mann, mit weißem Bart und weißem Haarschopf. Wie ein Weihnachtsmann schaut er aus, der sich in der Jahreszeit geirrt hat. Die Umstehenden, inzwischen ein beachtlicher Kreis von Leuten, lachen noch lauter als zuvor. Verzweifelt versucht der Mann sich die klebrigen Fäden von Haarschopf und Kinn zu pflücken. Vergebens, das Zuckerzeug bleibt an den Fingern kleben. Das macht ihn vollends wütend. Er greift nach dem größeren der beiden Mädchen, um es kräftig zu schütteln, stürzt aber ins Leere. Vom Schwung seiner Bewegung angetrieben, landet er an der Brust eines anderen Mannes.

Sie Rüpel!, brüllt dieser. *Kleine Mädchen verprügeln! Wo gibt's denn so etwas in einer zivilisierten Gesellschaft?* Wütend stößt er sein klebriges Gegenüber zurück. *Bringt die Kinder in Sicherheit!*, schreit erregt eine Frau mit hoher Stimme.

Um die vermeintlichen Kinder braucht man sich in diesem Moment keine Sorgen zu machen. Die sind längst unbemerkt entschwunden, haben rasch ihre Mädchengestalt aufgegeben und sitzen, nun unsichtbar, auf dem Ast eines Baumes in der Nähe.

Die Leute am Tatort sind mit der Sache keineswegs am Ende. Noch immer wird erregt debattiert. Eine praktisch denkende Frau hat inzwischen einen Eimer mit lauwarmem Wasser im Festzelt besorgt und hilft den beiden streitbaren Herren, die Reste der Zuckerwatte zu beseitigen. Das beruhigt. Und darin ist man sich einig: Was haben solche jungen Dinger – Mädchen, ach was, Kinder! – nach Mitternacht auf der Festwiese zu suchen? – Nichts! Den Eltern müsste man gehörig Bescheid sagen.

Nun dürfen sich unsere beiden Gespenster nicht mehr als kleine Mädchen unter die Menge wagen. Nichts Besseres fällt ihnen ein, als sich in Gestalt betagter Damen unter das Publikum zu mischen.

Schön und gut! Sie hätten daran denken sollen, dass ältere Damen, annähernd siebzig, nicht allzu häufig nachts auf Bäumen anzutreffen sind. Der Baum, auf dem sie sitzen, steht zwar abseits und halb im Dunklen, doch einsam ist es um ihn herum keineswegs. Ein Liebespaar hat sich hierher zurückgezogen. Der Jüngling hält ihr Händchen; sie lehnt an seiner Schulter. Und als er sich ihr noch ein wenig mehr zu nähern versucht, raschelt es hinter den beiden. Man stelle sich das Erschrecken vor, als plötzlich zwei alte Weiber, den

Baumstamm umklammernd, nach unten rutschen und mit flüchtigem Gruß in der Menge verschwinden. Die junge Frau schreit erschrocken auf und wirft sich in die Arme ihres Begleiters. So ist im Moment wenigstens wieder gutgemacht, was eine außergewöhnliche Begegnung zu verderben schien.

Die beiden Damen sind nun vorsichtig, blicken keinem ins Gesicht, verbergen sich hinter Rücken. Auf diese Weise unbemerkt, nähern sie sich einem Zelt mit prächtig bemalter Holzfassade am Rande des Festplatzes. Zwei Schwenktüren - eine links, eine rechts – führen von einem Holzpodest in das Innere. Zwischen den Türen steht in einem schlecht sitzenden Frack ein älterer Herr mit einer Sprechtüte. Er beobachtet das Publikum, hält die Sprechtüte vor den Mund und ruft über die Menschenmenge hinweg: *Kommen Sie näher! Treten Sie ein! Hier lernen Sie das Gruseln. Sie erleben Minuten wohligen Schauers für nur fuffzig Pfennige. Besuchen Sie das Spukschloss derer von Schröckenberg! Eine schreckliche Gespensterschar erwartet Sie!*

Einige bleiben stehen; nur wenige gehen zur Kasse. Die alte Geisterbahn scheint nicht sehr attraktiv zu sein. Das große Gespenst raunt dem kleinen zu: *Du, die Schröckenbergs auf Schloss Wackerstein kannten wir doch! Kuno von Schröckenberg, der Erfinder des Schaukelpferdes!* Klein-Genoveva - pardon – die jüngere der beiden alten Damen, fragt erstaunt: *Ein Schaukelpferd? Auf jedem Pferd schaukelt es, wenn man erst mal oben ist, Mama. – Ach, mein Kind! Ich spreche von einer Nachbildung aus Holz auf gebogenen Kufen. Darauf sitzend hatten seine Knappen das Lanzenstechen an einem Strohsack zu üben. Eine geniale Lösung!*

Nicht zögern! Bezahlen . . . . und herrreinspaziert Herrrrschaften!, ruft der Herr im Frack über die Köpfe der sich vorbei bewegenden

Menge hinweg. Aufmerksam verfolgen die beiden alten Frauen, was dort oben auf dem Podest geschieht. Kleine Wägelchen transportieren je zwei Mutige durch die rechte Schwingtür in das Innere. Die nachwippende Tür gewährt kurze Einblicke: Rote und blaue Lämpchen leuchten flackernd auf. Die Wägelchen bewegen sich zügig und beinahe lautlos, wenn sie nicht an der ersten Kurve oder seitlich gegen Holzklötze mit Gummipuffern aus aufgeschnittenen Autoreifen prallen. Das kracht ein bisschen. Dieses Geräusch dringt aus dem Zeltinneren nach außen, vermischt mit kurzen Aufschreien der in den Wägelchen transportierten Personen. Die müssen dort drinnen eher Amüsantes als Schreckliches erleben, denn sie kommen juchzend durch die linke Schwingtür wieder hervor.

Entschlossen gehen die beiden Frauengestalten auf das Kassenhäuschen zu. *Bitte zweimal kräftig Gruseln!*, sagt die ältere zu der dicken Blonden an der Kasse. Die reicht zwei Billets durch das Klappfensterchen ihrer Bude und meint kühl: *Eine Mark!*

Eine Mark? Was ist das, bitte sehr? Etwa ein Silberstück?, erkundigt sich erstaunt die Ältere. Woher sollen Gespenster gültige Zahlungsmittel kennen?

Ja, wollen oder können Sie nicht bezahlen?, klingt es gereizt aus dem Kassenhäuschen.

Iss schon gut, Mina! Lass' die Omis mal eben so fahren, schaltet sich der Mann im Frack ein. Er hat die beiden beobachtet und sich gefragt: Ob sich die wohl trauen? *Na, die Rente is ja auch nicht mehr das, was sie früher mal war. Gell Oma?*, meint er verständnisvoll und zieht eines der Wägelchen heran.

Das kleine Gespenst hat inzwischen begriffen, dass hier mitzuspielen ist, wenn man hinein möchte. Es säuselt leicht krächzend: *Ach ja, junger Mann. Is heutzutage alles so teuer. Und das Taschengeld hat man uns im Altersheim auch noch nicht erhöht.*

Der Angesprochene fühlt sich durch diese Anrede geschmeichelt, geht er doch auf die Siebzig zu. *Dann mal angenehmes Gruseln!*, sagt er und schiebt das Wägelchen auf seine Spur. Und schon geht die Reise ab in das düstere Innere des Zeltes.

Bereits nach wenigen Metern stoppt das Wägelchen. Blaues Licht leuchtet flackernd auf und zwei Knochenhände greifen nach den Insassen. Doch sogleich wird die Fahrt ruckartig fortgesetzt. Eine kurze Strecke geht es langsam steil bergauf. Auf der Höhe kippt das Wägelchen in schlenkernde Talfahrt ab – direkt auf einen See zu, der auf ein ausgespanntes Segeltuch aufgemalt ist, von hinten angeleuchtet. Aus diesem See - genauer gesagt, aus Löchern im Segeltuch – taucht ein vielköpfiges Ungeheuer auf und speit Wasser.

Bevor jedoch die Insassen in die Gefahr geraten, samt Wägelchen auf die Segeltuchwellen des Sees zu prallen und vor dem aufgerissenen hölzernen Rachen des Ungeheuers zu landen, biegt es erneut ruckartig ab. Normalerweise schleudert der abrupte Richtungswechsel die Insassen nach hinten. So jagen die Insassen der nächsten Sensation entgegen, nur eben unsere beiden Gespenster nicht. Steif wie Statuen sitzen sie auf der hölzernen Pritsche. Fliehkraft, Beschleunigung und was die Physik im Augenblick weiteres zu bieten hat, können ihnen nichts anhaben.

Die Fahrt führt in den tunnelartigen Eingang des Spukschlosses. Über den Köpfen der Passierenden hängen in fahlem Licht ekelige Spinnennetze. Dunkle, weiche Spinnentiere aus Wolle und Gummi wippen an Fäden auf und nieder, streifen die Gesichter.

Im Schlosskeller hält das Wägelchen auf einen Sarg zu. Der öffnet sich knarrend. Ein Gerippe richtet sich stöhnend auf - an Fäden baumelnd und aus dem Sarg grün angeleuchtet. Bevor seine Knochenarme in taumelndem Schlenkern das Innere des Wägelchens erreichen, klappt es in sich zusammen und verschwindet wieder im Sarg.

Das große und das kleine Gespenst sehen sich an: Hierbei soll man sich gruseln?

Die wilden Tiere im Schlosspark mit den böse funkelnden Augen können sie ebenso wenig zum Gruseln bringen, wie der zerlumpte Kerl, der an einem Galgen über ihnen hängt und sie mit den Füßen streift. Seine Augen quellen aus einem leichenblassen grünlichen Gipsgesicht hervor. Das Wägelchen stößt die Ausgangstür auf, ruckt um eine Kurve und hält im Freien auf dem Podest.

Und, schön gruselig gewesen?, erkundigt sich der befrackte Herr. Die alten Damen lächeln, danken und verschwinden in der Dunkelheit. Über ihre Eile ist der Mann im Frack doch ein wenig erstaunt. Sie werden nach der Aufregung halt mal müssen, sagt er sich.

Denen zeigen wir mal, was Spuken bedeutet!, flüstern sich unsere beiden echten Gespenster zu, verschwinden um die Ecke unter der Zeltwand hindurch und beginnen im Inneren die Geisterbahn ein bisschen umzubauen. Man könnte versucht sein, von einer Modernisierung zu sprechen.

Die wenigen Besucher der Geisterbahn schreien nun unentwegt vor Entsetzen auf, kommen bleich vorne an und stürzen dem Bierzelt zu, um die soeben erlebten Schrecken hinunterzuspülen. Das nehmen andere wahr, welche die Geisterbahn bisher ausgelassen haben. Vor dem Kassenhäuschen der dicken Blonden herrscht ein Andrang wie schon lange nicht mehr. Die hat rasch den Preis verdoppelt. Der Herr im Frack schiebt ununterbrochen Wägelchen an, hilft Erschöpften beim Aussteigen und weiß nicht so recht, was da drinnen plötzlich anders sein soll. Wer heraus kommt, spricht lieber nicht über seine Erlebnisse. Man könnte sich ja blamieren.

In der Schlange vor der Kasse taucht ein rundlicher junger Mann auf, schiebt die verrutschte Brille die Nase hinauf und blickt um sich. Noch zögert er, doch dann hält er einen Ausweis hoch, drängt sich mit dem Ruf *Presse!* an den Wartenden vorbei und lässt sich in eines der gerade frei gewordenen Wägelchen fallen. Das ruckt an und verschwindet mit seiner Fracht durch die Schwingtür.

Zunächst scheint alles wie vorher zu sein. Die Knochenhände greifen nach ihm. Doch dieses Mal tun sie das wirklich! Sie umspannen seinen Hals und drücken zu, selbstverständlich nur für einen Moment. Der junge Mann hustet. *Schlechter Scherz*, sagt er sich.

Dann stürzt das Wägelchen mit ihm dem See zu. Leichte Wellen kräuseln seine Oberfläche. Mit einem Mal taucht spritzend und prustend ein Seeungeheuer auf, keineswegs aus Holz und Pappe. Nein, ein widerliches Vieh mit mehreren Köpfen, das mit diesen abwechselnd nach ihm stößt. Er spürt den heißen Atem aus den Nüstern und gewahrt knapp über sich ein weit aufgesperrtes Maul, besetzt mit dolchartigen Zähnen . . . und das Untier hat auch noch Mundgeruch!

Laut schreit er auf. Das Wägelchen eilt ruckartig mit ihm davon, kaum dass er noch spürt, wie eine klebrige Zunge sein Ohrläppchen streift. Die Reise durch das Spukschloss wird immer rasanter. Vor Schrecken ist der Ortsjournalist vom Sitz gerutscht und kauert eingeklemmt zwischen Sitzbrett und Vorderfront.

In rasender Fahrt schießt das Gefährt auf ein Tor zu, das sich in letzter Sekunde knarrend öffnet. Abrupt ändert sich die Geschwindigkeit, und das Wägelchen bummelt schwankend zwischen hohen feuchten Mauern dahin. Von der Gewölbedecke des dunklen Ganges lösen sich Wassertropfen und ihr Aufschlag hallt in der Stille wie zerbrechendes Glas. Es stinkt nach Schwefel. Ekelhaft klebrige Spinnweben streifen den Körper des vor dem Sitz kauernden Mannes.

An den Fäden der Netze steigen faustgroße wollige Spinnen zu ihm hinab. Eine berührt mit ihren haarigen Beinen seine Nase, eine andere kitzelt ihn am Nacken. Vor Entsetzen jammernd versucht der Journalist des Kreisblattes aus dem Wägelchen zu springen, um rasch vorne durch das erleuchtete Tor ins Freie zu gelangen. Der Versuch misslingt; in seiner Lage kann er sich kaum bewegen. Fledermäuse und anderes gruseliges Getier nähern sich bedrohlich, Ratten huschen an nassen Wänden entlang.

Dann endlich das Tor . . . aber nicht der Weg ins Freie! Die Schreckensfahrt ist noch nicht beendet. Blaue Lichter zucken, Blitze blenden. Eine seltsam rauschende und pfeifende Musik schwillt an und wieder ab. Seine Ohren schmerzen, die Fahrt nimmt an Geschwindigkeit zu. Das Wägelchen rast einer Felswand entgegen. Der Aufprall scheint nicht mehr vermeidbar zu sein. Der Journalist schreit auf. Doch abrupt stoppt das Wägelchen, pendelt von einer Seite auf die andere. Und nun Stille, eine verdächtige Stille.

Angstvoll wagt er einen Blick nach oben. Vor der Felswand baumeln dünne Frauenbeine in löchrigen Wollstrümpfen über dem Abgrund. Hohl kichernd beugen sich die zu den Beinen gehörenden Gestalten vor – abgrundtief hässliche alte Weiber, eher schon gestorben als lebend, wie ihren Gräbern entstiegen. Sie weisen mit knöchernen Fingern auf ihn und scheinen sich sehr zu amüsieren. Hexen! schießt es dem armen Menschen durch den Kopf. Hexen, die gleich auf mich springen werden. Er krümmt sich in seinem hölzernen Gefängnis, schließt vor Schreck die Augen.

Das Wägelchen nimmt wieder Fahrt auf. Das Gelächter der Hexen verhallt in der Finsternis, die ihn jetzt umgibt. Dann ein ruckartiger Schwenk - die Gefahr scheint überstanden zu sein.

Der junge Mann öffnet die Augen. Und jetzt ist alles wieder so, wie es vordem war: Die wilden Papptiere rollen mit den Augen, der ausgestopfte Kerl hängt am Galgen. Unser Freund nimmt die alte Harmlosigkeit der Geisterbahn nicht als das wahr, was sie ist. Schweiß läuft ihm den Rücken hinunter, als ihn das Wägelchen mit einem Ruck durch die Schwingtür nach außen in die kühle Nachtluft befördert. - Ihn fröstelt und er zittert am ganzen Leib.

Ich würde noch gerne Ihr Billet sehen!, hört er über sich.

Er wendet das Gesicht der Stimme einer schwarzen Gestalt zu. Das wird der Empfangschef des Teufels sein! hämmert es in seinem Kopf. Mit klappernden Zähnen stammelt der arme Kerl: *Ich . . ich bin in der Hölle angekommen!*

Ach Unsinn!, entgegnet der Befrackte. *Sie haben heute nur einen schlechten Tag. Reichen Sie mir die Hand, ich helfe Ihnen aus der misslichen*

Lage. Dieser menschliche Ton bringt unseren Freund wieder zu Verstand. *Ich bin von der Pre . . . Presse,* stottert er. Gestützt auf zwei hilfsbereite Männer verlässt er den Ort des Grauens - Richtung Festzelt. Einen Schnaps braucht er jetzt!

Unsere beiden Gespenster haben über ihr Gruselgeschäft völlig die Zeit vergessen. *Mama!,* ruft das kleine Gespenst. *Es ist Zeit!* Die helle Kinderstimme schwingt tröstlich durch die Geisterbahn. Ein letztes Erschauern, die Hexen sind verschwunden und die Geisterbahn ist wieder das, was sie vorher war – alte Kulissen und klappernde Figuren.

Und was ist am nächsten Morgen im Kreisblättchen über das große Fest zu lesen? *Gelungener Auftakt - Bürgermeister Glatt sticht mit drei Schlägen das Bierfass an - hervorragende Bewirtung durch die einheimische Gastronomie und großartige Stimmung!*

Und ganz unten, nach einer ausführlichen Beschreibung aller Attraktionen, lesen wir etwas von einer ‚sehr realitätsnahen Geisterbahn'.

◆

Die vierte Geschichte

Am späten Nachmittag war von Südwesten her ein heftiges Gewitter aufgezogen. Zuvor hatte der Sommer an diesem Sonntag gezeigt, mit welchen Temperaturen er aufzuwarten weiß. Am Thermometer der Apotheke stieg die Quecksilbersäule auf über 34 Grad an. Die schwüle Hitze war unerträglich, und ihr zu entkommen, gab es nur zwei Möglichkeiten: Entweder zog man sich in die Kühle der steinernen Untergeschosse der Fachwerkhäuser zurück oder man lag im Freibad unten am Fluss im Schatten der hohen Bäume und suchte ab und zu das erfrischende Wasser auf. Mutige wagten sich sogar in die Strömung des Flusses. Die Straßen waren wie leergefegt; das Freibad glich einer geöffneten Sardinenbüchse.

Das Gewitter hatte Abkühlung gebracht. Die Sonne schien wieder und verschaffte den Menschen einen herrlichen Sommerabend. Scharenweise verließen sie die Häuser und sogen die frische Luft ein. Kleine Kinder, an der Hand der Eltern und sauber angezogen, langweilten sich auf Spaziergängen. Jagten sie dennoch gelegentlich hintereinander her, griffen die Hände der Erwachsenen nach ihnen. Sie sollten sich nicht schmutzig machen; man konnte Verwandten und Bekannten begegnen. Die traf man auch - ein abschätzbarer Zufall.

Die Kinder zerrten an den Händen, die sie hielten, griffen nach vorbeistreifendem Getier, quengelten nach Eis und Limonade oder verschafften ihren Eltern auf andere Weise Ungemütlichkeit. Daher beschloss man, sie dorthin zu bringen, wo sie um diese Zeit hingehören: ins Bett! Der schöne Sommerabend wollte aber genossen sein und so verabredete man sich im Biergarten des Gasthauses *Zum stacheligen Igel* - auch seiner Küche wegen gelobt.

Ein Pilgerstrom zog die Bahnhofstraße hinab, hinaus vor die Stadt zum Platz vor den Bahnhof der Schmalspurbahn. Gegenüber dem Bahnhofsgebäude liegt das Restaurant mit dem Biergarten unter weit ausladenden Kastanienbäumen und den gekiesten Wegen zwischen Tischen und Bänken. Eine Idylle, so recht nach dem Geschmack bierdurstiger Bürger.

Etwa in der Mitte ein runder Tisch, ausnehmend groß: der Stammtisch. Und an diesem selbstverständlich die Noblen der Stadt: Notar Siegel, Apotheker Wendehals, Doktor Fürchtegott, Ratsschreiber Zipfel und der Essigfabrikant. Nicht zu übersehen der einzige Jüngere in dieser Runde gereifter Herren, von fülliger Gestalt mit einer dicken Nickelbrille in dem verschwitzten Gesicht. – Erkannt?

Bürgermeister Glatt und Lehrer Schlamm fehlen noch. Der Grund ist rasch erkennbar: Lehrer Schlamm – *Besser mit den Füßen im Schlamm als vor der Nase den Schlamm!*, witzeln die Bürger – streift durch die dicht besetzten Tischreihen, fordert mit weit ausholenden

Gesten die vereinzelt anzutreffenden Sangesbrüder des Männergesangvereins ‚Frohsinn' auf, ihm auf die Freitreppe vor dem Lokal zu folgen. Dort nimmt man Aufstellung und erfreut die Gäste mit einer Darbietung aus dem Volksliedrepertoire des Männerchors. Eine spontane kulturelle Tat unter Beteiligung des Herrn Bürgermeisters, wie man anderntags im Kreisblättchen lesen kann.

Die Abendstunden verrinnen und werden zu Nachtstunden. Nur die Herren am Stammtisch und einige für ihre Geduld an Wirtshaustischen bekannte Bürger harren aus. Es schlägt Mitternacht vom Turm der Stadtkirche. Im Biergarten bemerkt das keiner - bis auf die beiden Kellnerinnen, die nun gerne nach Haus gegangen wären.

*

Mit dem zwölften Glockenschlag schlüpft Klein-Genoveva aus ihrem Steinsarg. Wie fast alle Kinder, so ist auch sie beim Aufstehen viel rascher als die Eltern. Sie ahnt, Papa Sigismund würde ohne deutliche Nachhilfe auch diese Geisterstunde wieder verschlafen. Die Kleine schlüpft zu ihm in den Sarkophag, unter Kindern eine übliche Methode, den Schlaf der Eltern zu beenden. Selbst Gespensterkinder können ungeschickt sein. Klein-Genoveva stößt gegen das Schwert und dieses rutscht klappernd zwischen Schild und Kettenhemd hinab auf Papas eiserne Beinschienen. Sigismund schreckt auf und erkennt sofort die Ursache. Lauthals flucht er auf das verdammte Weibervolk, das ihn, den tapferen Krieger, sich nicht einmal zur Geisterstunde in Würde erheben lässt.

Genoveva, zischt Annabelle, *komm' bitte sofort heraus und lass' Papa in Ruhe!* Wie alle Mütter war sie eiligst aufgestanden, als erste Anzeichen daraufhin deuteten, dass das Kind erwacht ist. *Beeil dich, es ist Zeit!*, forderte sie streng. *Und Papa?*, fragt die Tochter trotzig. *Er wird nachkommen! – Und wann wird das sein?*, erkundigt sich die, nicht ohne Zweifel. *Also, ich habe nicht im Kopf, was Papa vorhat. Aber nun vorwärts, an die frische Luft!*

Die linde Luft der Sommernacht macht auch Gespenster munter. So munter, dass Genoveva geradewegs zum Haus der Witwe Mayer saust. Die schläft bei geöffnetem Fenster, geradezu eine Einladung für ein kleines Gespenst. *Bitte nicht schon wieder Orangenlimonade in ihren Nachttopf!*, gebietet das herbeigeeilte Mama-Gespenst. Anderntags war die Frau so sehr verunsichert über ihre Stoffwechselfolgen, dass sie stracks Doktor Fürchtegott in der Sprechstunde aufsuchte. Das hätte sie besser nicht getan! Der verordnete ihr stets eine zuckerfreie Diät, und sie liebt doch so sehr Baiser mit Schlagsahne.

Nein, diese Kleintaten einer Spuknacht zählen heute nicht! An welchem Ort ist die Bürgerschaft tatsächlich zu beunruhigen? Im Biergarten des *Stacheligen Igels* natürlich. Das große Gespenst zupft das kleine am weißen Hemd und – husch! – stehen zwei ältere Frauen vor dem Eingang des Gartenlokals: eine recht alte und gebrechliche Dame, die sich auf einen Gehstock stützt, auf dem Kopf ein Hütchen mit Schleier, und eine etwas rüstigere, die sie am Arm führt. Mit schleppenden Schritten nähern sie sich über den Kiesbelag des Weges der Herrenrunde am Stammtisch, wählen einen Tisch gegenüber und winken nach der Bedienung. Die mag ihnen den Wunsch nach zwei Halben nicht abschlagen. Sperrstunde hin oder her – Alter hat Vorrang! Und wer weiß, wie schlecht man selbst einmal schlafen wird, wenn man ein solches Alter erreicht hat. Ein Bierchen kann da hilfreich sein.

Die Herren am Nachbartisch hatten schon beim Erscheinen der beiden Gestalten verwundert aufgeblickt. Alte Frauen um diese Zeit in einem Biergarten? Und jetzt staunen sie noch mehr: Solch zarte Persönchen und zwei Halbe? Der Journalist hat unwillkürlich den Duft von Pfefferminztee in der Nase. Weiß der Himmel weshalb, sagt er sich und schiebt die Brille hinauf, um besser verfolgen zu können, wie die Damen mit den schweren Bierkrügen umgehen.

Die aber heben mit erstaunlichen Kräften ihre Bierkrüge an und wünschen sich *Auf ewig Gesundheit!* Der Älteren rutscht dabei das Hütchen über den Haarknoten ins Genick. Die Jüngere hält den Kopf beim Trinken so weit nach hinten, dass ihr schwarzes Kleid über die Knie nach oben rutscht und darunter ein weißes Gewand zum Vorschein kommt. Die Damen stellen die halbleeren Bierkrüge zurück. Sacht plätschert es unter ihren Stühlen.

Die Herren sehen sich diskret an. Flüsternd fragt Ratsschreiber Zipfel den Doktor, ob man in diesem Alter so viel Bier nach Mitternacht vertrüge. Lehrer Schlamm hält es nicht auf seinem Gartenstuhl. Er steht am Tisch, die Fäuste in die Hüfte gestemmt, als habe er während der Mathematikarbeit einen seiner Schüler beim Spicken erwischt.

Abermals erheben die Damen ihre Bierkrüge und genießen in vollem Zug. Da raschelt es nun sehr vernehmlich zwischen den Kieselsteinen unter ihren Stühlen. Das Bier verlässt die Damen, wie es oben hinein kam - ohne wesentliche Verzögerung.

Die Herren sehen sich an. *Das ist doch unglaublich!* ruft der Doktor aus. *Und das ohne Einlagen!* ergänzt der Apotheker. Bürgermeister Glatt fährt sich über die Glatze. Der junge Journalist ist vom Stuhl aufgesprungen, will den inkontinenten Damen anbieten, sie in seinem Auto zum Altersheim zu bringen. Für Notfälle hat er immer eine Decke im Kofferraum. Doch die Damen sind verschwunden! Keiner hat das Rücken ihrer Stühle vernommen, keiner gesehen, wie sie den Biergarten verlassen haben.

Der Notar reibt sich die Augen. Ratsschreiber Zipfel entspricht seinem Namen: eine auf dem Stuhl kauernde Gestalt, ein Zipfelchen seiner selbst. Als erster fasst sich der Journalist. *Haben wir das in ähnlicher Weise nicht schon einmal erlebt?*, fragt er in die Runde. Einige der Herren nicken nachdenklich.

Der Herr Bürgermeister meint, man müsse nun endlich einmal die Hausordnung des Altersheimes überprüfen. Es könne doch nicht angehen, dass man derart hilflosen alten Frauen zu so später Stunde Ausgang gebe. Daraufhin bestellt er eine Runde Schnaps – Sperrstunde hin oder her.

Diese weitsichtige Bemerkung liest man am nächsten Tag im Lokalblatt etwas abgerückt vom Bericht über die spontane Aktion des Männergesangvereins am Vorabend.

Es bleibt noch etwas Zeit für unsere beiden Gespenster. Ausreichend, um Vater Sigismund zu einem kurzen Spaziergang rund um den Marktplatz zu ermuntern. Murrend folgt er Annabelles Empfehlung, nun doch endlich einmal seine Gelenke zu bewegen.

Ratsschreiber Zipfel und Lehrer Schlamm schlurfen verhaltenen Schritts, Arm in Arm, der häuslichen Nachtruhe entgegen. Ein seltener Anblick holder Eintracht!

Die Weite des zu überquerenden Marktplatzes, das gelbliche Licht der Straßenlaternen und die dunklen Schatten der hohen Bürgerhäuser mögen Lehrer Schlamm in seiner vom Alkohol gelenkten Wahrnehmung den Eindruck vorgegaukelt haben, auf einer Theaterbühne zu stehen. Er löst sich von Ratsschreiber Zipfel, breitet die Arme aus und beginnt lauthals zu singen:

Bewahret euch vor Weibertücken:
Dies ist des Bundes erste Pflicht!
Manch weiser Mann ließ sich berücken.
Er fehlte und versah sich's nicht.

Zipfel, klein und schmächtig, umklammert Schlamm von hinten und jammert *Sch. . . Schorsch hör auf! Die Leut'* . . . . Weiter kommt er nicht, denn oben an der Treppe vor dem Portal der Stadtkirche, erscheint rasselnden Schritts in Rüstung mit Schwert und Schild, Sigismund der Bärtige. Vor Schrecken werfen sich die beiden Spätheimkehrer auf das Pflaster. Über ihnen steht Sigismund, streckt das Schwert in die Schwärze der Nacht und nimmt Lehrer Schlamms Gesang in vollem Bass auf:

Verlassen sah er sich am Ende.
Vergolten seine Treu mit Hohn!
Vergebens rang er seine Hände,
Tod und Verzweiflung war sein Lohn.

Nur der Himmel weiß, woher er Text und Melodie hat.*

Schleppenden Schritts entfernt sich die furchterregende Erscheinung auf das Seitenportal der Kirche zu. Das Klirren und Rasseln der Rüstung wird immer dünner, dann Ruhe. Vom Turm der Kirche schlägt es eins. Schlamm quält sich auf die Knie, zieht den neben sich auf dem Pflaster schlotternden Zipfel am Kragen hoch. *Johann, sei ein Mann!*, lallt er. *Daheim könnt's noch schlimmer kommen.*

* Mozart, *Die Zauberflöte* – Zweiter Akt, zweiter Auftritt

◆

Die fünfte Geschichte

Wer sich mit Ringen, Armbändern, Broschen, Ketten und Manschettenknöpfen aus edlen Metallen und Steinen schmückt, glaubt sich aus der Menge seiner Mitmenschen hervorgehoben oder auch aus dem Einerlei des Alltags. Das läuft aufs Gleiche hinaus. Letzteres klingt aber vernünftiger.

Etwas anders verhält es sich mit dem Tragen edler Uhren. Solche Chronometer müssen schon lange nicht mehr aus Gold sein, um geschätzt zu werden. Präzise und zuverlässig erfüllen sie ihren Zweck. Und sie haben ihren Preis, vor allem die aus dem nahen Nachbarland! Die wirkliche Qualität erkennt jedoch erst der Fachmann beim Blick auf ihr Innenleben: das meisterlich hergestellte Uhrwerk. So manchem Besitzer mag der Name genügen oder ein Imitat aus Fernost. Dagegen schätzt der wahre Liebhaber guter Uhren die aufwändige Manufakturarbeit, auch wenn die Sekunden, Minuten und Stunden die gleichen sind, die gewöhnliche Uhren anzeigen.

Wer vermutet schon, einen Meister seines Faches in diesem Provinznest anzutreffen? Kaum jemand ahnt das hier. Philipp Schräublin ist sein Name. Was er anzubieten hat, ist nicht bemerkenswert. Woher soll er auch das Geld nehmen, mit guter Ware in Schaufenstern und Vitrinen Kunden anzulocken? Zuweilen bringt man ihm gewöhnliche Armbanduhren, Wecker, Pendeluhren und gelegentlich auch eine alte Taschenuhr zur Reparatur. Einkäufe erledigt man anderswo.

Auf einem Spaziergang gewahrt man das schmale Haus des Meisters in der Sommergasse. Inmitten eines großen Gartens gelegen, erfreut sein Anblick den am Stadtrand zum Fluss Schlendernden. Die Hausfront wird durch einen schmalen Vorbau gegliedert: in der Mitte die Ladentür zwischen zwei großen Fenstern. Als Schaufenster gedacht, nun von Häkelgardinen auf halber Höhe unterteilt. Die an einer Kette hängende Uhr über dem Ladeneingang, von einer Blechhand gehalten, weist darauf hin, wen man hier antrifft.

Meister Schräublin lebt mit seiner Frau am Rand, sowohl an dem des Städtchens als auch ihrer Bürgerschaft. Leute wie er sind erst wahrzunehmen, wenn etwas Außergewöhnliches geschieht.

*

Mit einem Strauß Astern nahm das Außergewöhnliche an einem Freitag seinen Anfang, einem warmen Herbsttag im Oktober. Wieder einmal war das kleine Gespenst nach dem zwölften Glockenschlag vor der Mutter in das große Kirchenschiff entschwunden. Annabelle hatte kaum Gelegenheit ihr Gewand zu glätten. Ein helles Niesen machte sie nervös. Was trieb Klein-Genoveva dort oben?
Das kleine Gespenst war durch den großen Blumenstrauß gesaust, den Frau Schräublin auf den Stufen vor dem Chorraum aufgestellt

hatte, ein großer Strauß Astern aus ihrem Garten. Blumen bringt sie jeden Freitag, vorausgesetzt, die Jahreszeit lässt das zu. Der Herr Pfarrer merkt das für gewöhnlich nicht. Seiner Ansicht nach ist das Ausschmücken wie das Reinigen der Kirche ohnehin Aufgabe der Gemeinde. Die Zeit eines Seelsorgers sei zu schade, sich mit derlei Nebensächlichkeiten zu befassen, soll er bei Amtsantritt vor dem Kirchengemeinderat geäußert haben.

Annabelle packt die Vase mit den Astern und stellt sie auf die Kanzel, dorthin, wo der Rand zur Auflage der Bibel besonders breit ist. Ein zweites Mal soll Klein-Genoveva heute nicht mit den Blumen in Kontakt kommen. Zu Lebzeiten reizte Blütenstaub sie zum Niesen und rötete ihre Augen. Zwar ist ein Gespenst für solche Reizungen nicht anfällig wie wir, doch das kleine Gespenst kann das Niesen nicht unterdrücken, wenn es Blumen zu nahe kommt. Gewohnheit prägt, und man sieht in diesem Fall, wie gründlich sie das tut.

Der Herr Pfarrer wird am Samstag abends in der kleinen Weinstube gewesen sein, dem Spätburgunder zugesprochen haben, am Sonntagmorgen noch etwas benommen zur Kanzel hinaufsteigen und die Gemeinde mit ausgebreiteten Armen zum Gebet auffordern. Der Asternstrauß und dahinter die ausgebreiteten Arme des Pfarrers? Für einige in der Gemeinde eventuell ein Anblick, der sie erfreut.

Nebel liegt über dem Flusstal, zieht in Schwaden an den Hängen hinauf und berührt die Stadt, verhüllt in Schleiern die unteren Gassen. Das Licht der Straßenlampen schimmert milchig trüb.

Annabelle ist heute nicht zu Spukscherzen aufgelegt; sie hat anderes im Sinn. Was das ist, das kann ich dir jetzt noch nicht sagen.

Doch Gespenster tun gut daran, die Menschen zu kennen, denen man vertrauen darf. Das Töchterchen an der Hand, entschwindet sie erst einmal Richtung Sommergasse - zum Haus der Familie Schräublin.

Lockern sich die Nebelschwaden, wirft die Straßenlaterne einen Lichtschimmer auf das Haus. Aber auch das stärkste Licht ließe nicht erkennen, wie das große und das kleine Gespenst durch einen schmalen Spalt zwischen Tür und Boden in den Laden schlüpfen, der auch die Werkstatt des Meisters ist.

Annabelle sieht sich um, sie scheint etwas zu suchen. „Mama, das ist hier aber interessant!", ruft Genoveva voller Staunen aus und macht sich am Pendel einer Wanduhr zu schaffen. Annabelle wird nervös. Das Kind muss die Finger von der Uhr nehmen! Der Schlag des Läutwerkes hätte unangenehme Folgen: Eine Geisterstunde kann nur eine Geisterstunde bleiben, wenn kein Stundenschlag einer Uhr ertönt. Das ist die unerbittliche Regel.

Kaum hat die Kleine von der Pendeluhr abgelassen, findet ein Buch unter dem Ladentisch Genovevas Aufmerksamkeit. Genau dieses Buch hatte Annabelle hier vermutet, und nun beginnt das Kind darin zu blättern. *Das ist kein Bilderbuch, Genoveva. Lass' es bitte liegen!*, sagt sie streng. *Es könnte dir aus der Hand fallen!*

Bitte, lies mir daraus vor, Mammi, bettelt das kleine Gespenst. *Vielleicht hat Herr Schräublin darin lustige Sachen über seine Kunden aufgeschrieben oder spannende Geschichten von geraubten Uhren und verschwundenen Perlen, wie Papa manchmal erzählt hat.*

Ein erster Blick zeigt Annabelle, was sie erwartet hatte: ein schmales Auftragsbuch. Heute wurde eine Armbanduhr zur Reparatur gebracht, vor Tagen ein Wecker, in der Vorwoche eine Küchenuhr und eine Halskette zur Erneuerung des Verschlusses. Annabelle schüttelt den Kopf. Wie kann ein Uhrmacher mit seiner Frau bei dieser Auftragslage leben?

Mama, die haben doch einen großen Garten, bemerkt das kleine Gespenst klug. Kinder denken eben einfach und direkt. *Und was steht sonst noch drin?*, möchte das neugierige kleine Gespenst wissen.

Du, an jedem Wochentag, ausgenommen Montag und Samstag: 15 Uhr Dienst im Stadtmuseum. - Also hat Herr Schräublin noch einen anderen Beruf. Gell? - Oh Kind! Dafür dürfte er keinen Dukaten erhalten . . . Heißt doch heute Mark, wirft das kleine Gespenst ein. - *Richtig! Gewiss auch keine Mark, Genoveva.*

Kaum Aufträge und dann beinahe täglich im Stadtmuseum? Was tut Meister Schräublin dort? - Das große Gespenst ist sehr nachdenklich. *Komm Kind! Wir schauen uns in diesem Museum einmal um.*

Die hohen undichten Fenster des Stadtmuseums im alten Schulhaus bieten Gespenstern zahlreiche Möglichkeiten ins Innere zu gelangen. Welch ein Staub überall! Selbst das körperlose Schweben wirbelt ihn auf. Klein-Genoveva niest bereits herzhaft. *Meine Güte!* stöhnt das große Gespenst. *Hier ist eine Kehrwoche von Nöten!*

Annabelle verrät uns in dieser Äußerung, dass sie einem schwäbischen Adelsgeschlecht entstammt. Und sie lässt auch sogleich Taten folgen, die einer Hausfrau in Kittelschürze das Ansehen bei den Nachbarn sichern würde. Sie öffnet die Fenster und beginnt zu pusten. Das gefällt natürlich auch dem kleinen Gespenst. Gespenster können so kräftig pusten, dass sich bald graue Staubwolken durch die Räume wälzen und zu den offenen Fenstern hinaus auf die Straße ziehen.

Gott sei Dank kommt um diese Zeit hier keiner vorbei. Er hätte wohl einen Brand im Museum vermutet und die Feuerwehr gerufen. Vermutlich erfolglos, denn die Feuerwehr der kleinen Stadt schläft fest. Im Spritzenhaus schnarchen Glasermeister Scherblich - der Brandmeister in dieser Nacht - und an Schlauchrollen gelehnt, die beiden Löschhelfer. Die Staubwolke verzieht sich in den Gassen. Eine weiße Katze ist jetzt grau; ihr nebelfeuchtes Fell hält den Staub fest.

So, fürs Erste mag's genug sein! Annabelle wirkt zufrieden und klopft Genoveva den Staub vom Spukgewand. Die Kleine ist nicht länger ruhig zu halten und saust davon. *Oh wie schön!* jubelt sie aus einem der Säle und klappert mit dem Prunksäbel einer alten Uniform des Hauptmanns der Stadtschützen von 1864. Und dann entdeckt sie die ausgestopften Tiere, die sie zu einem reizenden Vorschlag anregen: *Mammi, wir verkleiden sie!*

Bald trägt ein Bär ein Nachthäubchen aus Urgroßmutters Wäschebestand und steckt im blauen Leinenhemd einer Bauerntracht. So eine Art Ziege, bei genauem Hinsehen eine vor langer Zeit hierher verirrte Gämse, hat einen alten Helm der Stadtgarde zwischen den Hörnern. Nachdem das Tier auf den Hinterbeinen an einem Tisch aufgerichtet steht, kommt ein Trachtenrock an ihm vorteilhaft zur Geltung. Den Urmenschen, eine Nachbildung aus Gips, kleidet ein Rokoko-Kostüm samt Perücke. Vor Jahrzehnten fand man einige ihm zugeschriebene Knochenstücke auf dem Hügel über der Stadt. Im düsteren Vorraum oberhalb der Stufen des Eingangsbereichs postiert, könnte man ihn für den Empfangschef in Dienstkleidung halten. - Eine charmante Idee!

Noch bleibt den Gespenstern Zeit, in den reichlich vorhandenen Büchern und alten Dokumenten zu wühlen. In einem Kartonstapel stoßen sie tatsächlich auf ein Schulzeugnis des allseits nach Beachtung heischenden Stadtmedikus Doktor Fürchtegott. Dem Zeugnis nach hätte man ihm den beruflichen Werdegang nicht voraussagen können: Deutsche Sprache ausreichend, Latein mangelhaft, Griechisch gänzlich unbefriedigend, Mathematik und Naturkunde wenig zufriedenstellend. Nur Sport und Religion sind mit „gut" vermerkt.

Dieser Fund fördert weitere Taten: Eine neue Beschriftung erklärt Tongeschirre aus einer Epoche der Jungsteinzeit als ‚Gebrauchsgeschirr aus dem Pfarrhaus'. Ein Mammutknochen wird als ‚Erstes Innungszeichen der Metzger' dieser Stadt bezeichnet und der Vater des Apothekers Wendehals verdächtigt, in Kolonialzeiten den Binsenrock einer Südsee-Schönen eigenhändig erbeutet zu haben.

Die Spuren der emsigen Tätigkeit Meister Schräublins gewahren unsere beiden körperlosen Scherzbolde in Saal fünf, der mit dem Schildchen ‚Dokumente der Stadtgeschichte' bezeichnet ist. Schräublin hat Pergamente, handgeschriebene Briefe, Lagerbücher der städtischen Magazine, eine große Anzahl Münzen aus vier Jahrhunderten, gezeichnete Stadtansichten und altertümliche Flurkarten, die wie von Kinderhand gemalte Landschaften anmuten, in gläsernen Tischvitrinen ausgelegt und in schöner kleiner Schrift mit Erklärungen versehen. Diesen Kernbereich der städtischen Sammlung ergänzen die Gespenster mit alten Fahnen und einigen historischen Uniformen der Stadtgarde, heften das Zeugnis des Stadtmedikus an einen Deckenbalken und hängen ein Pappschild auf:

Renoviert in zweijähriger Arbeit von Philipp Schräublin

Das ist bestimmt kein angemessener Umgang mit Zeugnissen der Vergangenheit! Und schaden kann dieser Scherz nur einem: dem Meister selbst. Am Eingang des Museums finden wir in großen Buchstaben den Hinweis angebracht:

NACH GRÜNDLICHER SÄUBERUNG WIEDERERÖFFNET!

Dann ist es höchste Zeit für das große und das kleine Gespenst. Zu gerne hätten sie miterlebt, wie man in der Stadt auf ihren Fleiß reagiert.

Zunächst tat sich noch nichts. Man blieb am Sonntagmorgen länger im Bett und frühstückte ausgiebig, ging dann zur Kirche. Nach dem Kirchgang entwickelte sich langsam das Ereignis: Kinder entdeckten am Portal des Museums den Hinweis auf die Wiedereröffnung. - Noch in der Nacht hatten die beiden Gespenster die große Tür entriegelt. - Neugierig drückten die Kinder die Klinke und standen der Nachbildung des Urmenschen im Rokoko-Kostüm gegenüber. - Ein lustiger Anfang.

Kurz gesagt: Kinder holten andere Kinder herbei und alle hatten ihren Spaß. Das erfuhren auch bald die Eltern und amüsierten sich ebenfalls. Diesen folgten die Nachbarn, die man nach dem Mittagessen rasch verständigte. Um die Kaffeestunde setzte die Lawine der Schaulustigen erst richtig ein. Neugierig trat man ein und lachend kam man heraus. Einer flüsterte dem anderen die Schulnoten des Doktors zu und alle wollten sich vom Wahrheitsgehalt dieses Gerüchtes überzeugen.

Das bemerkte natürlich auch der uns bekannte rundliche junge Mann. Auf dem Heimweg vom Mittagessen in der kleinen Weinstube – das Menü: Hühnerbrühe, falscher Hase an Rotweinsoße mit breiten Nudeln und zum Nachtisch Vanillepudding - sah er, wie sich die Leute vor dem Museum drängten. Aufmerksam geworden, schob er sich mit dem Besucherstrom durch die Räume – und war entsetzt! Leider konnte er seinen Mund nicht halten und verkündete laut:

Unerhört, wie hier verdienstvolle Bürger unserer Stadt lächerlich gemacht werden. Herr Schräublin wird die Konsequenzen zu tragen haben."

Woher sollte er auch wissen, dass man die Urheber dieser Scherze an anderer Stelle zu suchen hatte? Nein, den braven Meister Schräublin wollten die Umstehenden nicht in Verdacht genommen wissen. Sie drohten dem Journalisten mit der Kündigung der Abonnements, falls seine vorschnellen Schlüsse in der folgenden Woche im Kreisblättchen stünden.

Der Stadtrat setzte eine Kommission ein. Die konnte aber nur feststellen, dass Meister Schräublin für diesen Unfug nicht in Betracht kam. Er habe der Stadt ein blitzsauberes und geordnetes Museum verschafft, erwies die Nachforschung. Es muss eine Gruppe Hinterhältiger geben, die sich einen Nachschlüssel besorgt haben, um sich in gemeiner Weise über verdienstvolle Bürger der Stadt lustig zu machen. Einer alleine konnte das nicht gewesen sein!

Pfui! rief Bürgermeister Glatt demonstrativ aus, als er den Bericht der Kommission dem Gemeinderat vorlegte. So manche Bürger dachten ein wenig anders und wollten der ‚Böse-Buben-Theorie' nicht recht Glauben schenken. Man ahnte schon seit langem, dass sich im Rathaus nicht alle so grün sind, wie sie nach außen tun. Einer von denen wird keinen Nachschlüssel gebraucht haben, sagte man sich.

Und Meister Schräublin? Er zog sich von der Museumstätigkeit zurück. Plötzlich fanden die Bürger sein Haus in der Sommergasse, wenn eine ihrer Uhren nicht mehr richtig ging. Und war man schon mal da, konnte man auch nach dem Preis für eine neue fragen. Meister Schräublin ließ eine kleine Musterkollektion mit Armbanduhren kommen und fand in der Kreisstadt einen jungen Goldschmied, der gerne bei ihm ausstellen wollte.

In der Sommergasse ging es aufwärts, und im Stadtmuseum beließ man den Urmenschen im Rokokokostüm mit Perücke an seinem Platz. Als humorlos wollte keiner der Stadtoberen gelten. Eine kluge Entscheidung angesichts der bevorstehenden Gemeinderatswahlen.

◆

Die sechste Geschichte

Für Konrad Wendehals gibt es einen Ort, der ihn mit einer Kraft an-
zieht, die er sich selbst nicht erklären kann: die Kuppe des Hügels, an
dessen Hang das Städtchen liegt. Erlaubt es ihm seine Zeit, steigt er
hinauf. Im Sommer mit einem großen Taschentuch auf dem Kopf, einen Knoten an jeder Ecke, bei Regen unter dem großen Schirm und
gerne auch, wenn Nebelschwaden im Tal über dem Fluss liegen. Mal
am frühen Morgen, mal im samtenen Licht der Dämmerung und gelegentlich auch in der Nacht. Mondlicht oder nicht, das ist ihm gleich.
Er ist kein Romantiker. Aber klar muss die Nacht hier oben sein. Man
kann auf ausgewaschenen Wegen stolpern, und er ist nicht mehr der
Jüngste.

Zuweilen trifft er auf dem Plateau oder auf dem Weg jemanden. Zu-
fällige Begegnungen mit Menschen, die wie er etwas zu suchen scheinen, was sie nicht kennen, eher ahnen, aber die Ahnungen für sich
behalten. Sie wissen diese nicht zu benennen und befürchten den
Spott.

Man grüßt sich und manchmal kommt man miteinander ins Gespräch, wechselt als Gleichgestimmte ein paar Worte. Keine über das Woher und Wohin, über gestern, heute oder morgen, jedoch über das, was man in dieser Stunde empfindet, was man über diesen Ort weiß oder an ihm vermutet.

Und das kann Verschiedenes sein. Unter dem Haselnussgebüsch auf der Kuppe trifft man abseits des Weges auf Mauerreste. Einige der behauenen Quadersteine sind im Gelände verstreut. Es ist bekannt, dass sich vor Hunderten von Jahren hier eine Burg befand. Eine lange Zeit, um ihre Steine zu holen und sie unten im Städtchen erneut zu verbauen. Denkmalschutz? – Da hätten sich über Jahrhunderte hinweg die Leute, die ihre von Kriegen zerstörten Häuser wieder aufzubauen hatten, nur verwundert angesehen. Eine Ruine, nun ja, ist eben eine Ruine, ein nicht mehr gebrauchsfähiges Gemäuer, aber deren Steine waren verwendbar.

Eine andere Sache sind die terrassenförmigen felsigen Absätze im oberen Hangbereich auf dem der Stadt abgewandten Teil der Kuppe. Dunkle Steinbänke, vom abfließenden Niederschlag freigelegt, in denen man versteinerte Schnecken und - sofern man ein Auge dafür hat - auch Fischschuppen entdecken kann und an manchen Stellen die Abdrücke von Ammoniten. Wer diese Zeugen einer fernen – einer sehr fernen! - Vergangenheit hier oben bemerkt, staunt im Allgemeinen. Wie konnten die Reste dieser Meeresbewohner hierher gelangen?

Nur einer aus dem Städtchen wundert sich nicht. Er kommt mit einem Hammer herauf und versucht, die Versteinerungen aus ihrem felsigen Bett zu lösen: Lehrer Schlamm!

Vernimmt Konrad Wendehals aus der Ferne die Hammerschläge des Lehrers, ändert er die Richtung. Dessen weitschweifige Ausführungen kann er sich ersparen. Die Ergebnisse der Sammelleidenschaft des Herrn Oberlehrers verschwinden ohnehin auf unabsehbare Zeit im Keller des städtischen Museums. Mit einem Professor der Geologie stehe er im Briefwechsel und eines Tages, nein bald, werde man erfahren, welche Folgerungen die Wissenschaft aus seiner Sammlung ziehe. Und sei dies geschehen, wolle er mit Schülern eine Ausstellung gestalten. So könne sich jeder ein Bild davon machen, welchen Veränderungen das Leben auf der Erde unterworfen sei.

Das versichert er gerne und auch jedem, der ihn nicht danach gefragt hat – und das seit Jahren.

Mauerreste einer Burg und versteinerte Meerestiere sind sichtbare Reste vergangener Zeiten. Die im Stadtmuseum aufbewahrten Knochen eines Urmenschen, wenige nur, auf die man vor fast hundert Jahren in einer mit Lehm und Geröll verfüllten Mulde stieß, lassen dagegen nur ahnen, dass es hier ein Leben gab, von dem man nichts weiß. Alle Versuche, weitere Knochenreste oder Spuren von menschlichen Behausungen zu finden, blieben erfolglos.

Mit der abgetragenen Burg verhält es sich anders: Der geschichtsbewusste Stadtrat hat unlängst auf Anregung von Bürgermeister Glatt eine Tafel aufstellen lassen, auf welcher der Wanderer erfährt, dass er sich auf dem Gelände der ehemaligen Burganlage der Grafen von Hohenstein befindet. Die letzten Angehörigen dieses Adelsgeschlechts ruhen in der Gruft unter dem Chorraum der Stadtkirche: Sigismund von Hohenstein, genannt der Bärtige und seine

Gattin Annabelle, als ‚die Schöne' noch immer im Volk bekannt. Klein-Genoveva wird nicht erwähnt, auch Urmensch und Versteinerungen nicht. Besser so! Lehrer Schlamm könnte Nachahmer finden und deren Treiben wäre kein Gewinn für die Natur. Das sah sogar Doktor Fürchtegott ein, der Vorsitzende des Heimatvereins, der Gestaltung und Aufstellung der Informationstafel übernommen hatte. An einem warmen Sonntagnachmittag Anfang September war es dann soweit. Aus dem Städtchen zogen die Bürger in Scharen hinauf auf die Kuppe des Hügels, angeregt von Plakaten, die der Heimatverein an Mauern und Toren angebracht hatte. Oben wurde die wissbegierige Bürgerschar von den Klängen der Feuerwehrkapelle empfangen. Bürgermeister Glatt hielt eine Ansprache, und ein Mädchen im weißen Kleid, die Enkeltochter des Doktors, durfte an einer Schnur ziehen. Die löste unter dem Beifall der Anwesenden die Verhüllung von der Informationstafel.

Der Abstieg vollzog sich rascher als der Aufstieg, nicht ausschließlich aus Gründen der Schwerkraft. Unten angelangt, schlug man den Weg zum Biergarten des *Stacheligen Igel* ein. An gedeckten Tischen im Freien – herrliches Spätsommerwetter! - erwarten Kaffee und Grafentorte, eine Kreation des Konditormeisters Ziegler, die ankommenden Gäste.

Herr Wendehals hatte sich vom Einweihungsspektakel ferngehalten, einmal aus Abneigung gegenüber gewissen Herren, die hier Bürgernähe demonstrierten, andererseits aus einem sehr persönlichen Grund: Vor wenigen Wochen hatte ihn seine Gattin Marianne verlassen. In einer Großstadt aufgewachsen, könne sie das provinzielle Leben nicht länger ertragen, begründete sie ihre Entscheidung und war in die Hauptstadt verzogen. Nicht unbegleitet, wie Herr Wendehals alsbald erfuhr.

Am späten Abend dieses September-Sonntags steigt Konrad Wendehals in der Dunkelheit den Hügel hinauf. Ein gewohnter Weg, auf dem ihn gelegentlich seine Frau begleitet hat. Die Erinnerung schmerzt, aber der Nachthimmel ist klar und vom Boden steigt Wärme auf.

Herr Wendehals setzt sich auf einen Stein, einen jener Fundamentquader der alten Burg auf der Anhöhe. Lange blickt er über Hügel und Täler. Am Horizont ist ein schwacher heller Streifen auszumachen, die Lichter der Kreisstadt. Die zwölf Glockenschläge vom Turm der Stadtkirche hat er nicht wahrgenommen.

*

Das geschieht an anderer Stelle. Mutter Annabelle hat wieder einmal Mühe, der Kleinen zu folgen. Erst auf dem Marktplatz erreicht sie das Töchterchen, das aufgeregt auf die entfernten Klänge der Blasmusik verweist, die sie im Biergarten des *Stacheligen Igels* ein unterhaltsames Ereignis vermuten lassen.

Annabelle war nicht nur schön, sondern auch klug. - Aber das wissen wir ja schon. - Sie verzögert die Entscheidung. Als alte Damen oder gar Kinder im Biergarten erscheinen?

Sie sieht sich um und entdeckt das Plakat des Heimatvereins. *Da schau' mal einer hin!*, entfährt es ihr. – *Mama, wohin?*, will das neugierig gewordene Kind wissen. - *Nun, ich weiß, was wir uns heute ansehen sollten. - Die Blasmusik im Biergarten und den Bahnhof der Kleinbahn, Mama? - Nein, mein Kind, den Ort unserer Abkunft! - Das Haus, in dem wir gewesen sind? - Richtig, Genoveva! Burg Hohenstein auf dem Hügel über der Stadt. - Gibt es denn davon noch etwas zu sehen? -*

Zur Stunde gewiss nicht mehr viel, aber aus der Kenntnis des Vergangenen einiges. Ist das nicht zu vieldeutig für ein Kind, Vergangenes, dessen Spuren kaum noch wahrzunehmen sind? Nicht für Genoveva!

Sie hat die Blasmusik vergessen und folgt der Mutter den Hügel hinauf, selbstverständlich in der Eile, die keine Bindung an die Gesetze der Natur kennt. Gespenster hinterlassen zwar kein Rauschen, keinen Hauch einer Bewegung und erscheinen, wo sie unsereins nicht vermuten würde, aber allwissend sind sie keineswegs. Mit Apotheker Wendehals haben das große und das kleine Gespenst nicht gerechnet. Schön, könntest du sagen, er sieht, er hört, er riecht sie nicht. Gespenst und Mensch müssen sich nicht unbedingt begegnen und gegenseitig stören. - Stimmt! - Aber es stimmt eben auch, dass Gespenster ehemalige Menschen sind. Und Menschlichkeit ist mehr als Körper oder Kleidung, Sprache und Gesten. Freude an etwas, die Neugierde, Ehrgeiz, auch Wut und Scham und nicht zuletzt die Erinnerung sind Merkmale des Menschlichen. Und solche Eigenschaften haben Gespenster behalten! So völlig ohne Grund ist es ihnen ja nicht auferlegt, in der Geisterstunde in eine Welt zurückzukehren, die sie längst verlassen haben.

Wundern wir uns deshalb nicht, wenn Annabelle Menschengestalt annimmt, weil sie der Gewohnheit folgt, als sichtbare Mutter der Tochter etwas zu erklären. Aber in welcher Erscheinungsform? – Nein, nicht in den Gewändern des ausgehenden Mittelalters, wie wir sie von alten Wandgemälden und aus Büchern kennen. Das verhinderte die Anwesenheit des Apothekers, obwohl sie gerne mit der Tochter in der Kleidung ihrer Zeit über das Gelände gestreift wäre, das einmal ihre unmittelbare Umgebung war. Es ist nicht Annabelles

Art, Menschen gegenüber sogleich als Botin aus einer ihnen unbekannten fernen Welt gegenüberzutreten. Das wäre eher von Sigismund zu erwarten.

So kommen zwei Damen den Weg herauf, die man für Touristinnen halten könnte, untergehakt und plaudernd. Ungewöhnlich um diese Zeit, sagt sich Herr Wendehals, steht von seinem Stein auf und grüßt. Die Damen, in ihr Gespräch vertieft, scheinen ihn erst jetzt zu bemerken. Sie grüßen erstaunt zurück.

Zu so später Stunde noch unterwegs?, erkundigt er sich. Genau genommen keine wirkliche Frage, eher der Versuch, in ein Gespräch zu kommen. Und noch genauer: aus Neugierde, eine Eigenschaft, die Männer eher bei Frauen vermuten und sich selbst nicht gerne eingestehen.

Wir hatten heute keine Gelegenheit, der Festlichkeit hier oben beizuwohnen, erklärt die ältere Dame. *Und ich wollte doch meiner Tochter zeigen, wo ihre Vorfahren zu Hause waren. Sozusagen eine letzte Möglichkeit vor unserer Abreise.*

Es gibt noch Nachkommen der Grafen von Hohenstein, gnädige Frau?

Ach, wissen Sie, als Nachkommen würde ich uns beide nicht bezeichnen, eher als späte Zeugen einer weit entfernten Zeit.

Eine etwas seltsame Erklärung. Worin soll der Unterschied zwischen Nachkommen und diesen sich offensichtlich verwandtschaftlich zugehörig fühlenden Damen bestehen? – Aber gleichgültig, das wird sich irgendwie klären oder auch nicht, sagt er sich und kehrt zu seinem Stein zurück.

Die Damen entfernen sich einige Schritte, bleiben stehen. Annabelle zeichnet mit ausgestrecktem Arm die Gebäude der Burg in den Nachthimmel. *Ja, dort an der Fassade war der Altan über dem Burghof und rechts davon das Wirtschaftsgebäude mit den Magazinen und Wohnräumen der Bediensteten, in dem Winkel dazwischen der Turm. Hier vorne, wo wir stehen, befand sich das Torhaus mit der Zugbrücke, davor ein Graben.*

Über diesen Graben mag Annabelle nicht sprechen, den Grund ahnen wir. Deshalb ist sie froh, dass Genoveva nach dem Burggarten fragt, und der lag außerhalb der Umfassungsmauer. Die beiden Frauen entfernen sich auf den angedeuteten Garten zu.

Herr Wendehals hat aus der Distanz den Erklärungen gelauscht. Annabelle hat ihn vergessen. Sie ist zurückgekehrt in ihre Zeit, erzählt der Tochter vom Alltag auf einer Burg, auch von Festen und von schlechten Zeiten. Sie berichtet von den Menschen in einer streng gegliederten Gemeinschaft und den Zwängen, die sie zu ertragen hatten, gehörten sie dem gemeinen Volk an. Doch selbst eine Frau von Rang sei diesen Regeln unterworfen gewesen. Die Gier nach Besitz, Einfluss und Macht habe die beherrscht, die sich aus göttlicher Fügung zu Herren über andere berufen fühlten. *Krieg und Kampf war ihr Element - Zerstörung, Leid und Tod die Folge! Und ich habe zu allem geschwiegen.* Das sagt Annabelle mit fester Stimme.

Die beiden Gestalten entfernen sich immer weiter auf ihrem Rundgang durch Vergangenes und tauchen ein in die Dunkelheit der Nacht. Konrad Wendehals erhebt sich von seinem Stein und tritt den Rückweg an. In der Finsternis verlangt das unebene Terrain bei jedem Schritt seine Aufmerksamkeit. Unterhalb der Kuppe angelangt, legt er eine Pause ein. An der Zuführung des Weges, der um die Hügelkuppe führt, steht eine Bank, etwa auf halber Strecke zwischen Stadt und Hügel.

Kaum hat er Platz genommen, hört er die Stimmen der Frauen, die sich nach Umrundung des Burggeländes aus der Gegenrichtung der Bank nähern. Es ist spät, lange nach Mitternacht. Er steht auf, möchte nicht aufdringlich erscheinen und seinen Heimweg fortsetzen. Doch die ältere der beiden Damen spricht ihn an. Sie haben vorhin nach unserer Beziehung zu diesem Ort gefragt und vermutlich nicht verstehen können, was uns bewegt.

Aber bitte, wirft Herr Wendehals ein, *es ist nicht meine Absicht gewesen, Sie mit meiner Neugierde zu behelligen. Sie werden einen Grund haben, und den brauchen Sie mir nicht zu nennen.*

Das könnten wir auch nicht! Aber ich bitte Sie, nicht über unsere Begegnung zu sprechen und für sich zu behalten, was Sie über die ehemalige Burganlage erfahren haben. Was ich meiner Tochter erklärte, wird Ihnen mit der Kraft der Fantasie wie ein Blick des Wanderers aus der Ferne auf einen schemenhaften Ort vorgekommen sein, für uns ein Fenster in die Vergangenheit. Und dieses Fenster ist nun geschlossen. Adieu, Herr Wendehals, und kommen Sie heil nach Hause.

Konrad Wendehals nickt und entfernt sich nachdenklich Richtung Stadt. Nach einigen Minuten bleibt er stehen und wirft einen Blick zurück. Die Kuppe des Hügels zeichnet sich wie ein schwarzer Wall vor dem Nachthimmel ab.

Er ist alleine auf dem Weg, und vom Turm der Stadtkirche beendet ein Glockenschlag die mitternächtliche Stunde. Nun ja, sagt er sich, den Apotheker kennt man im Städtchen. Aber den Damen schon einmal begegnet zu sein, daran erinnert er sich nicht.

◆

Die siebte Geschichte

Der Fluss hat sich tief in das Hügelland eingeschnitten. Vorbei an der kleinen Stadt am westlichen Ufer nimmt er den Weg nach Norden. Noch eine weite Strecke bis zur Ebene, wo er sich auf dem Weg zum Meer alsbald einem größeren Fluss anschließen wird.

Die Böden des Hügellandes sind fruchtbar. Buchenwälder überziehen seine Höhen. An den Hängen der weiten Täler haben seit Urzeiten Menschen gesiedelt. Die Dörfer sind zahlreich, alte Klöster Zeugnisse der Vergangenheit. Aber du triffst nur auf wenige kleine Städtchen und keine größere Stadt. Eine beschauliche Landschaft, der Fortschritt fand anderswo statt.

Für unsere kleine Stadt ist die Verbindung zur Welt eine Schmalspurbahn. Zur Welt? - Zunächst zur nahen Kreisstadt, kaum größer als sie selbst, aber Ort der Verwaltung und Sitz einiger Unternehmen, wie eines Sägewerkes und einer Möbelfabrik, einer großen Mühle mit angeschlossener Nudelfabrikation und der Zentralen

Landwirtschaftlichen Genossenschaft mit ihren Lagern und Werkstätten für Landmaschinen. Das Bezirksgericht und weiterführende Schulen, sowie das Kreiskrankenhaus sollen nicht unerwähnt bleiben. Schließlich zwei Bahnhöfe – der für die richtige Bahn und ein kleiner für die Schmalspurbahn.

So mancher aus der kleinen Stadt hat in der Kreisstadt Arbeit gefunden, und ältere Kinder und Jugendliche besuchen hier die Schulen. Selbstverständlich kommt man auch, um notwendige Behördengänge zu erledigen, einzukaufen, und um sich einmal außerhalb der eigenen Mauern umzusehen, vielleicht in einer der beiden Buchhandlungen, oder man geht ins Kino. Das Landestheater aus der Hauptstadt gastiert zweimal im Jahr mit einem Schauspiel - so gut wie immer klassisch - und einer Operette, seit Neuestem mit einem Musical. Das größere der beiden Kinos wird dann für Tage zum Theater.

Die Kreisstadt ist ein Zentrum, von den meisten aus der kleinen Stadt mit der Schmalspurbahn zu erreichen. Ein Auto können sich nur wenige leisten und die Straße ist eng und gewunden.

Diese Schmalspurbahn ist ein rollendes Dokument der Eisenbahngeschichte. Während anderenorts Elektroloks und Dieseltriebwagen ihre Dienste versehen, ziehen hier noch immer zwei fauchende und rußende Dampflokomotiven die Waggons über die vierundzwanzig Kilometer lange Strecke: der feurige Elias und der prustende Daniel. Diese liebevollen Bezeichnungen tragen die beiden Lokomotiven, weil sie ordentliche Anstiege im bergigen Gelände zu bezwingen haben und auf den nachfolgenden Abfahrten ihre Kräfte brauchen, um die Reise nicht zu einer gefährlichen Achterbahnfahrt werden zu lassen. Dann prusten die Lokomotiven stoßweise schwarzen Rauch aus.

Gleichmäßig und sicher soll die Fahrt verlaufen. Die Lokomotivführer und Heizer werden deshalb nicht nur von kleinen Jungen bewundert.

Sowohl in der Kreisstadt, als auch in unserem Städtchen, gibt es hinter dem Bahnhof einen Schuppen für die Lokomotiven. Entweder ist der feurige Elias des Nachts hier untergestellt oder der prustende Daniel. Die andere Lokomotive steht dann in der Kreisstadt und wird dort auf die erste morgendliche Fahrt zwischen den beiden Orten vorbereitet. Das bedeutet zuerst einmal das Aufnehmen von Kohle und Wasser, dann das Entaschen der Feuerbüchse. Lager an Rädern und Schubgestänge sind zu fetten und viele Teile auf ihre Betriebssicherheit zu überprüfen, danach folgt das Anheizen. Währenddessen stehen die Waggons zur Personenbeförderung am Bahnsteig des Bahnhofs und werden von fleißigen Händen gereinigt.

Das sollte einmal gesagt sein: Die Schmalspurbahn ist sorgsam gewartet. Zuständig ist der Herr Eisenbahn-Ingenieur Samuel Fink. Ein gewissenhafter Mensch, der nur einen kleinen Fehler hat: Er liebt das Bier. Und ausgerechnet abends bis in die Nacht hinein hat er Dienst. Die beste Zeit, sich mit einem Krug Bier im Wirtshaus an den Stammtisch zu setzen.

O Herr, gib Samuel, Elias, Daniel Wasser und auch die Kohle.
Das Bier lass weg, auf dass uns nicht der Teufel hole.

Diesen Spottvers, oder auch ein Stoßgebet, wie einige Pessimisten meinen, kennt jeder in der Stadt. Es geht die Rede, der junge Ingenieur Fink habe vor vielen Jahren seiner Braut mit einer nächtlichen Fahrt auf der Lokomotive imponieren wollen. Das junge Ding habe nicht bemerkt, dass er nicht nur der Lokomotive zuvor ordentlich

Wasser und Kohle gegeben hatte, sondern sich selbst einige Flaschen Bier, um dieses Abenteuer zu wagen. Die Reise der beiden soll recht rasant verlaufen sein. Vom Flug der Funken aus dem Schornstein und den heiß gelaufenen Bremsen spricht man noch heute mit verhaltener Bewunderung.

Aber was soll's! Bettina Fink geborene Meisel, übrigens die ältere Schwester der Sekretärin des Bürgermeisters, hat ihren Samuel in der Hand. Eine Fahrt dieser Art und keine zweite! - Bislang jedenfalls nicht.

Gespenster überdauern Jahrhunderte. Man sagt, eine besonders mutige und gute Tat eines Menschen könne sie erlösen, sie von der allnächtlichen Spukverpflichtung befreien. Kein Weihwasser, keine Bittprozession helfe ihnen, nur eine gute Tat, aber eben eine besondere.

Ich weiß natürlich nicht, ob sich unsere beiden Gespenster diese Gunst erhoffen. Wer erfährt jemals, was in einem Gespenst vor sich geht? Aber eines ist sicher: Gespenster sind gut beraten, wenn sie sich Fortschritten der Technik und der Entwicklung von Sitte und Kultur der Menschen anzupassen verstehen. Ansonsten wäre Spuken nichts anderes als das Herumstoßen von Gefäßen, das Fratzenschneiden im Dunklen oder das Ausstoßen erschreckender Töne. Auf die Dauer der Jahrhunderte langweilig, sowohl für Menschen als erst recht für die Gespenster.

Mutter Annabelle ist das bewusst. Seit dem Besuch des Hauses von Meister Schräublin ist sie bemüht, Klein-Genoveva das Lesen beizubringen. Keine sehr lustige Angelegenheit, denn das kleine Gespenst kann sich nicht konzentrieren, hat ständig etwas anderes im

Sinn und bedarf der Abwechslung.

Das führt hin und wieder zu Dummheiten, wie in jener Sommernacht, in der sich Mutter Annabelle vom Töchterchen dazu überreden ließ, eine im Lager der Drogerie Feucht abgestellte Großpackung Seifenflocken, für gewerbliche Verbraucher vorgesehen, in das Becken des städtischen Schwimmbades zu schütten. Die Seifenflocken lösten sich im Wasser auf, nicht erkennbar für den Polizei-Oberwachtmeister, der am nächsten Morgen eine Gruppe Anwärter im Polizeidienst, wie man die Lehrlinge in Uniform amtlich bezeichnet, durch das Becken jagte.

Wer schwimmen kann, der schwimmt. Wer nicht, der watet!, hatte er kommandiert. Schwimmen konnten wirklich nur einige und das Waten ist bei 1,80 Meter Wassertiefe nicht einfach, von der Angst abgesehen, die einen überkommt, der solche Wassertiefen nicht gewöhnt ist.

Das Becken verwandelte sich im Nu in einen schäumenden Waschzuber, aus dem in der Morgensonne wunderschön farbig glitzernde Seifenblasen aufstiegen. Schön für diejenigen, die zusehen durften und schlimm für die, die durch den Schaum mussten. Das Atmen fiel ihnen schwer, manch einer rang nach Luft. Die Trillerpfeife des Bademeisters setzte dieser Art Dienst ein Ende. Ein mutiger Mann, der sich vom Durchhaltewillen des Ober-Polizisten nicht beeindrucken ließ.

Wollen Sie Ihre Leute umbringen?, schrie er ihn an und warf Rettungsringe, Seile und einen Wasserschlauch in das schäumende Becken. Frühe Badegäste hielten an den Enden fest und zogen die nach Luft ringenden Burschen heraus. *Das wird ein Nachspiel für Sie haben!*, brüllte der Befehlshaber am Beckenrand.

Das hatte es in unerwarteter Weise!

Bisweilen ist man auch in Amtsstuben einsichtig: Der tapfere Bademeister erhielt eine schriftliche Belobigung und der Polizeioberwachtmeister wurde an einen grenznahen Ort versetzt – an einen ohne Schwimmbad.

Annabelle erfuhr von dieser Folge ihrer Spuktat, weil sie zwischen den Bänken der Stadtkirche auf eine vergessene Ausgabe des Kreisblättchens gestoßen war. Draußen auf dem Marktplatz, im Schein der Straßenlaterne, las sie Klein-Genoveva den Bericht über das tapfere Eingreifen des Bademeisters vor. Der Artikel beeindruckte die Kleine so sehr, dass sie sich fest vornahm, von nun an das Lesen zu lernen. – Ein lateraler Erfolg, würde ein Oberpädagoge sagen.

*

In dieser Nacht kennt Annabelle ihr Ziel: der Schuppen hinter dem Bahnhof mit der Lokomotive der Schmalspurbahn. Das Kind braucht endlich einmal technische Erkenntnisse auf der Höhe der Zeit!

Hinter dem zur Seite geschobenen Tor des Lokomotivschuppens steht der prustende Daniel. Über seinem Schornstein kräuselt sich Rauch, zwischen den Rädern tropft Kondenswasser aus einem schräg angeschnittenen Rohr und hin und wieder entweicht dem Inneren ein wenig Wasserdampf. Die Lokomotive ist ordentlich vorgeheizt. Um fünf Uhr in der Früh' werden Lokomotivführer und Heizer den Dienst aufnehmen, um den prustenden Daniel bis zu seiner ersten Fahrt mit emsig nachgelegter Kohle im Feuer unter den Rohren auf die Betriebsspannung des Dampfes zu bringen.

Voller Bewunderung umschweben das große und das kleine Gespenst die Lokomotive, erreichen den Führerstand und blicken andächtig auf die Vielzahl der Hebel, Ventilräder und Anzeigegeräte. Das kleine Gespenst hält dieses handlungsfreie Betrachten nicht allzu lange aus. Blitzgeschwind dreht es an einem Handrad – nur ein bisschen. Es folgt ein sachtes Zischen unterhalb der Lokomotive und diesem das Erscheinen von Ingenieur Fink, der in einer Kammer neben der Halle noch rasch ein Bier trinkt, bevor er sich nach Hause ins Bett begibt.

Etwas kann nicht in Ordnung sein. Er besteigt den Führerstand und kontrolliert die beweglichen Teile. Da, ein Handrad ist leicht verstellt. Er schüttelt den Kopf. So leichtsinnig war er schon seit langem nicht mehr, sagt er sich vorwurfsvoll und schließt das Ventil wieder. Es wird besser sein, noch eine kleine Weile hier zu bleiben und die Entwicklung zu beobachten - und genehmigt sich eine weitere Flasche Bier. Irgendwie ist die Wartezeit zu überbrücken.

Das große Gespenst befürchtet bei andauernder Unsichtbarkeit weitere Griffe des kleinen nach Hebeln und Handrädern und zieht Klein-Genoveva vor den Lokomotivschuppen. Danach betreten ihn zwei Greisinnen mit neugierigen Blicken. Die gebrechlicher wirkende stößt nicht ganz unabsichtlich an einen Tisch, auf dem Werkzeuge liegen. Das klappert!

Vom Geräusch aufgeschreckt, eilt Herr Fink herbei. Wer macht sich an seinem Werkzeug zu schaffen? Vorsichtshalber hat er nach einer abgestellten Kohlenschaufel gegriffen. Man kann ja nicht wissen, wer sich zu dieser späten Stunde in einen Lokomotivschuppen verirrt. Und dann steht er zu seinem großen Erstaunen vor zwei alten Frauen. Zart und gebrechlich sehen sie aus.

„Ja, meine Da . .Damen, empfängt er sie, *waas führt Sie . . .
denn um diese Zeit an . . an einen solchen Orrt?"*

Ach wissen Sie, be-ginnt die Ältere zu erklären, *wir sind
im Alter noch so neugierig und können nachts nicht mehr lange
schlafen. Da haben wir uns gedacht, wie wär's, wenn wir uns um den
Bahnhof herum einmal umsehen und eben hier ein Licht bemerkt.*

Das kleine Gespenst, pardon, die etwas zierlichere Person,
meint sich umblickend: *Das ist aber interessant hier! . . . Und mit dieser
Lokomotive werden Sie nach Ende Ihrer Schicht nach Hause fahren?*

Herr Fink lacht. *Herrgott im . . im Himmel! Wie soll daas gescheh'n
ohne Schienen . . .anschluss? Die Lokomo . . .tive wird in wenigen Stunden
gebraucht, um . . . um den ersten Zug in die Kreisstadt zu zieh'n. Ich . . . ich
komm' mit dem Fahr . . rad nach Hause. Aber, sagen Sie mal: Werden Sie
denn nicht ver . . verm . . isst, wenn Sie so mutterseel'n . . a . . alleine nachts
durch die Gegend strei . . streifen?*

Das Wort ‚mutterseelenalleine' bekommt er erst nach wieder-
holten Anläufen hervor. Oh je, der ist nicht mehr nüchtern, registriert
das großen Gespenst.

*Junger Mann, uns vermisst niemand. Wir sind alleinstehend und
haben unser Domizil durch die Hintertür verlassen. Wer wird schon in der
Nacht nach uns fragen?*, entgegnet es und hofft, den angesäuselten
Menschen zu beruhigen. Der wird vor Mitleid ganz weich, hält sich
an dem Tisch mit den Werkzeugen fest und weist mit einer weit ausholenden Geste auf Schuppen und Lokomotive.

*Dann, dann . . sehen Sie sich . . sich doch einfach mal . . . hier
ummm"*, meint er großzügig. „*Ich . . . ich könnte Ihnen auch . . . auch
wass erklääärn!"*

Das große Gespenst würde sich am liebsten zurückziehen und seine angenommene Gestalt aufgeben, doch das kleine ist vom Anblick der Lokomotive so beeindruckt, dass es unvermittelt fragt: *Die Lokomotive fährt erst morgen früh?*

Ein Stichwort, das den Techniker in Herrn Fink anspricht.

Quatsch! sagt er. *Die könnte gleich l . . loss, wenn ich ein paar Schaufeln Kohle in . . in die . . . Feuer. . . . Feuerbüchse werfe. Jawoll! So wahr ich der . . . der Ing . . .* - das Wort will nicht aus seinem Mund - *binnn!* Sagt's, klettert auf den Führerstand, öffnet die Tür eines großen Ofens, den man auf einer Lokomotive Feuerbüchse nennt, und wirft drei Schaufeln Kohle hinein.

Kommen Sie rauf . . . Damen. . . . Wollen mal sehen, wann . . . wann der Druckkk . . . da iss.

Selbst Gespenstern kann eine solche Situation unheimlich vorkommen. Die ältere der Damen zögert. Da erscheint auch schon hilfreich die Hand des Ingenieurs. *Herrrauff Omma!*, ruft er und zieht sie zu sich auf den Führerstand. *Na, . . . also wiegen tun Sie auch nicht mehr viel",* meint er noch. Das kleine Gespenst klettert hinterher. Die Damen drücken sich voller Scheu links und rechts vom Kohlentender hinten im Führerstand in die Ecken. Ingenieur Fink öffnet erneut die Feuerklappe und wirft Kohlen auf die Glut. Um die Maschine herum zischt es.

Der Mann ist beschäftigt. Mit sicherem Griff findet er die Armaturen, dreht Handräder auf und beobachtet die steigenden Nadeln der Anzeigen. Dann drückt er einen großen Hebel langsam nach unten. Der Dampf erreicht die Kolben der beiden Zylinder, die das

Schubgestänge zu den Rädern zu bewegen beginnen. Die Lokomotive rollt aus dem Schuppen.

Aber bitte nicht sehr weit, Herr Ingenieur. Wir müssen Punkt Eins im Heim sein, sonst finden wir keine offene Tür mehr vor.

Keine Sorge, gnäd'ge Frau!, entgegnet Herr Fink. *Wir fahr'n bis zum nächsten Dorf - grad' mal fünf Minuten. Und dann geht's zurück*, beruhigt er die Damen, von denen eine etwas besorgt in die Nacht hinaus schaut.

Ingenieur Fink hat die Wirkung des Alkohols überstanden und ist nun ganz Eisenbahner. Fauchend eilt die Lokomotive durch den Bahnhof, vorbei an abgestellten Waggons und gelangt auf die freie Strecke. Das rhythmische Entweichen des Dampfes aus den Zylindern, das stoßweise Ausstoßen des Rauchs aus dem Schornstein, das Rattern, Klappern und Reiben von Metallteilen und das Fahrgeräusch der Stahlräder auf den Schienen erzeugen einen ohrenbetäubenden Lärm. Nur noch schreiend kann man sich auf dem Führerstand verständigen.

Kohle nachschlagen!, brüllt Herr Fink und deutet dem kleinen Gespenst mit einer Geste an, die Aufgabe des Heizers zu übernehmen. Das hat verstanden und schaufelt Kohlen durch das vom Ingenieur geöffnete Feuerloch in den Heizraum. Donnerwetter! denkt sich der, die kleine Frau hat Kraft!

Die Lokomotive eilt nun heftig fauchend über die freie Strecke. Eigentlich eine friedliche Nachtfahrt. Bäume scheinen vorbei zu huschen, Felder und Wiesen sind leere dunkle Flächen. Entlang des Eisenbahndamms husten die Telegraphenmasten im Fahrtwind kurze Grüße und ihre Drähte schwingen gleichmäßig summend neben der

Lokomotive auf und nieder. Herr Fink steht rechts am ausgestellten Fenster und blickt aufmerksam in die Nacht, die linke Hand auf dem Dampfregler. Er genießt die vorbeiströmende Luft – für ihn nur gut.

Er nimmt den Dampfregler zurück. Die Fahrt wird langsamer und die Lokomotive schiebt sich unter klopfenden Geräuschen auf ein Bahnhofsgebäude zu, das Nachbardorf der kleinen Stadt. Bremsen schleifen, die Maschine hält und verbreitet pulsierende Töne, als müsse sie sich von der Anstrengung erholen.

So, wie war's?, erkundigt sich der Ingenieur. Die alten Frauen nicken stumm und verängstigt. Mit solch einer Geschwindigkeit, erzeugt durch Maschinenkraft, haben sie sich noch nie bewegt. Ingenieur Fink legt einen Hebel um und drückt den Dampfregler nach unten. Im Rückwärtsgang nimmt die Lokomotive stampfend Fahrt auf.

Nachlegen!, ruft er, und das kleine Gespenst erfüllt seine Aufgabe: öffnet selbständig die Tür zum Feuerloch und schaufelt Kohlen hinein. *Reicht!*, kommt es knapp.

Und dann zeigt der prustende Daniel, was er bergauf zu leisten vermag. Beinahe noch rascher saust die Lokomotive dahin, in Rückwärtsfahrt unruhig schüttelnd. Kurz vor Erreichen des heimatlichen Bahnhofs zieht Herr Fink an einem Lederriemen über dem Führerstand. Ein langgezogener Pfiff hallt durch die Nacht.

Vereinzelt gehen in Fenstern an der Bahnstrecke Lichter an. Was hat diese ungewöhnliche Nachtfahrt zu bedeuten? Es wird doch nicht irgendwo ein Unglück gegeben haben?

Der Krieg hat damals auch so begonnen, murmelt verschlafen Rentner Anton Sieber und schließt wieder das Fenster, als er die Lokomotive langsam in den Schuppen einrücken sieht. Kann alles nicht so schlimm sein oder ist schon vorbei, sagen sich die meisten der aufgewachten Bürger und löschen die Lichter der Nachttischlampen.

Null-Uhr-Dreiundfünfzig!, stellt Herr Fink fest. *Nun aber rasch, meine Damen!*

Erstaunt nimmt er noch wahr, wie behende die beiden alten Frauen über die Gleise hüpfen und im Dunklen verschwinden. Na ja, sagt er sich, denen reichen fünf Minuten bis zum Altersheim. Und wie praktisch! Die Nachthemden tragen sie auch schon unter den Kleidern.

◆

Die achte Geschichte

Über Nacht ist es kalt geworden. In der klaren Morgensonne tragen Bäume, vom Raureif überzogen, eine Silberlast. Wie ein glitzernder Pfeil zeigt die Fahnenstange vor dem Rathaus zum Himmel. Vorsichtig bewegen sich die Menschen auf abschüssigen Straßen. Manch einer wirft einen abschätzenden Blick auf den Holzstoß hinter dem Haus, füllt den Korb, bläst in die kalt gewordenen Hände und verschwindet rasch wieder in der Wärme.

Die Tage sind kurz. An den Abenden sitzt man in den Wohnküchen zusammen, in so manchem alten Haus während der Woche der einzig beheizte Raum. Man unterhält sich oder liest das Kreisblatt, lässt das Radio im Hintergrund laufen und darf nicht vergessen den Ziegelstein in die Backröhre zu legen. Mit einem Tuch umwickelt, wärmt er das Bett vor.

An solchen Abenden erzählt man sich Geschichten. Die entstehen wie von selbst, wenn ältere Menschen auf die Vergangenheit zu sprechen kommen. Kriegsjahre und Notzeiten sind in Erinnerung geblieben, weitaus seltener deren Ursache und noch seltener die Schandtaten jener, welche man nun die Verführer eines Volkes nennt.

Meister Schräublin würde bei diesem Thema nur wehmütig lächeln und mit unaufgeregter Deutlichkeit einwerfen: *Es muss auch diejenigen gegeben haben, die sich verführen ließen.* Und die schwärmen von Turnfesten, Jugendlagern, Sonnwendfeuern und den Abenteuern in Jungvolkgruppen bei Geländespielen und Nachtwanderungen.

Von Kriegstagen in Schützengräben bei Hitze, Nässe und gnadenlosem Frost, vom Hunger, vom Sterben und dem Verschwinden der wenigen jüdischen Mitbürger im Städtchen ist nicht die Rede. Und wenn es schon einmal geschieht, dann schaltet sich die Großmutter ein und fordert den Vater auf, doch lieber von dem kleinen Hund zu erzählen, der eines Nachts plötzlich vor seinem Bett saß.

Ja, Papa, wie kam das?, fragen die Kinder. Ihre Neugierde ist geweckt. *Ach,* meint der, *die Oma verwechselt hier etwas. Es war eine Katze, die in einer Frühlingsnacht durch das offene Fenster gekommen ist und sich auf der Bettdecke einen kuscheligen Platz zu meinen Füßen gesucht hat.*

Oh ja, erzähl! Diese Geschichte kennen wir noch nicht. Der Vater kennt sie leider auch nicht; also wird er die Geschichte von der Katze im Bett erfinden müssen.

Nicht alle Ansprüche auf winterliche Feierabendgestaltung sind im Städtchen auf solche Weise zu befriedigen. Für das gehobene Niveau empfindet sich der Vorstand des städtischen Kulturkreises verantwortlich, in dem Notar Siegel und Gattin den Ton angeben. Die Zuwendungen des örtlichen Essigfabrikanten ermöglichten es, gelegentlich einen Dichter - einen heimatverbundenen - zur Lesung aus seinen Werken einzuladen oder man bittet einen Professor des Bezirksgymnasiums aus der Kreisstadt zu einem Vortrag in den großen Saal des Hotels *Zum Ritter*.

So soll an einem Februarabend Roman Rumpel zu Wort kommen, jener im Umland bekannte Historiker, dessen dreibändige Heimatgeschichte *De historia patriae* in keinem Bücherschrank bildungsbewusster Bürgerfamilien fehlt. Im Hotel *Ritter* heizt man im großen Saal den Ofen an, reserviert für den Gast das einzige Zimmer mit Bad und hängt eines der vom Kulturkreis verteilten Plakate neben dem Eingang unter die Speisekarte.

Roman Rumpel, eine hagere und lang aufgeschossene Gestalt mit Bürstenhaarschnitt auf seinem Gelehrtenschädel, wird um fünfzehn Uhr mit dem Nachmittagszug der Schmalspurbahn erwartet. Das heißt, die Ankunft des Zuges und des Professors sind laut Fahrplan für diesen Zeitpunkt vorgesehen. Ob es die betagte Lokomotive unter winterlichen Bedingungen schaffen wird, die vier Waggons und den Postwagen pünktlich aus der Kreisstadt heranzubringen, das bleibt ungewiss.

In Kenntnis dieser Verhältnisse treffen sich Notar Siegel, Apotheker Wendehals und Ratsschreiber Zipfel eine Viertelstunde nach Drei auf dem Bahnhof zum Empfang des Professors. Doch ausgerechnet heute ist das Züglein pünktlich angekommen. Beim Auf- und Abgehen hat der Gast des Kulturkreises bereits einen kleinen Pfad in den Schnee des Bahnsteiges getreten. Die Laune Roman Rumpels entspricht dem Winterwetter: kühl und trocken.

Die Herren schaffen es nicht, ihm auf dem Weg zum Hotel mehr als fünf knappe Sätze zu entlocken. Professor Rumpel taut sozusagen erst auf, als man ihn vor eine festlich geschmückte Kaffeetafel führt. Den Kaffee und die zu diesem Anlass angefertigte Schokoladentorte weist er allerdings zurück und bittet um Tee und Vollkornkekse. Unter der Stadtprominenz breitet sich Verwunderung aus. Die Gesichter erhellen sich, als der Professor den Wunsch äußert, vor seinem Vortrag durch das Städtchen geführt zu werden.

Die Führung entwickelt sich zu einer strapaziösen Tour. An Torbögen, Gesimsen und sonst wenig beachteten Stellen bemerkt Roman Rumpel trotz der hereinbrechenden Dunkelheit jedes Steinmetzzeichen. Man besorgt eine Handlampe und einen Besen. Apotheker Wendehals und Notar Siegel entfernen Schneereste von Mauervorsprüngen, Eiszapfen von überstehenden Balken. Auch möchte man dem sachkundigen Gast das städtische Museum nicht vorenthalten. Wie wir schon wissen, verwahrt Meister Schräublin den Schlüssel. Ratsschreiber Zipfel erhält den Auftrag, den Meister samt Schlüssel zu holen. Die Eigenheit Schräublins, eine begonnene Arbeit nicht sogleich aus der Hand zu legen, kennt man im Städtchen. Zur Überbrückung der Zeit bietet man dem Professor an, die Gruft in der Stadtkirche zu besichtigen. Mit erkennbarem Interesse stimmt Roman Rumpel dem Vorschlag zu, die Stimmung scheint gerettet.

Man steigt die Stufen hinab in die Gruft zu Sigismund und seinen Damen und steht vor den Sarkophagen. Der Gelehrte klopft mit den Fingerknöcheln an die steinernen Särge und wendet sich mit Neugierde einem Spalt zu, den er unterhalb der Deckplatte an Annabelles Sarkophag entdeckt hat.

War das schon immer so?

Seine Begleiter versichern, das Innere der Gruft in keinem anderen Zustand zu kennen. Es sei auch nicht überliefert, dass es hier jemals eine Störung der Grabesruhe gegeben habe.

Den Professor überzeugt das nicht. Er nähert sich nun auch dem Sarg Genovevas mit prüfendem Blick. Da, gleichfalls ein feiner Spalt! *Aha!*, äußert ahnungsvoll der gelehrte Mann, richtet sich auf und fegt Staub von der Abdeckung, um die Inschrift lesen zu können. Das dauert seine Zeit und die Herren bekommen kalte Füße. Endlich richtet er sich auf und strahlt Gewissheit aus.

Diese schlampige Art der Bestattungen lässt darauf schließen, dass alles in großer Eile geschah.

Die Bedeutung seiner Erkenntnis veranlasst ihn, sich auf den Füßen wippend zu strecken. Dabei stößt er mit dem Kopf ans Gewölbe. Die Hand auf den Kopf gepresst, ohne sich zu einer Unterbrechung verleiten zu lassen, fährt er fort: Er, Roman Rumpel, hege schon lange den Verdacht, dass Sigismund, der Stadtgründer, nicht nach ritterlichem Streit zu Tode kam, sondern entgegen der Meinung seiner Historikerkollegen seinerzeit von seiner schönen und der Männerwelt zugetanen Gattin Annabelle vergiftet worden sei. Diese habe, übergroße Trauer vortäuschend, sodann den Tod durch Ertrinken im Burggraben nur scheinbar erlitten. Es sei zu vermuten, dass sie des Schwimmens kundig – eine zu jener Zeit kaum verbreitete Fähigkeit – das Ufer fand und heimlich samt Töchterchen verschwunden sei, um in die Arme des Grafen von Dürrenberg zu enteilen. Er setzt ein zynisches Lächeln auf. *Dieser Graf folgte nach wenigen Jahren*

Sigismunds schwachsinnigem Bruder Robert als Herr über Stadt und umliegende Ländereien.

Die Herren nicken. Ab diesem Punkt ist ihnen die Stadtgeschichte bekannt. *Was sagt uns das?*, fragt Roman Rumpel, mit seinem langen, dünnen Zeigefinger auf den Spalt zwischen Sarkophag und Deckel weisend. Die Herren sehen sich verwirrt an.

Hier habe man den unglücklichen Tod einer ganzen Adelsfamilie perfekt vorgetäuscht und bis zum heutigen Tag sei noch niemand auf den Gedanken gekommen, dass zumindest zwei der drei Sarkophage unbelegt sein könnten. *Ja, aller Wahrscheinlichkeit nach leer sind!,* stellt er mit erhobener Stimme fest.

Notar Siegel stöhnt auf und der Apotheker verschluckt sich. Ratsschreiber Zipfel bekommt eine kalkweiße Nasenspitze. Nur der inzwischen eingetroffene Meister Schräublin lächelt. Da drinnen aber, in zwei der drei Sarkophage, wälzen sich Annabelle und Töchterchen Genoveva voller Empörung von einer Seite auf die andere. Dagegen hat Sigismund auch dieses Ereignis, die Umdeutung seiner Geschichte, wieder einmal verschlafen.

Der Gruppe voraus, verlässt der Professor zufrieden Gruft und Kirche. In seinem Kopf formt sich bereits ein wissenschaftlicher Beitrag zur Stadtgeschichte, im Jahrbuch der Heimatforscher zu veröffentlichen. Mit Freude stellt er sich die langen Gesichter seiner Fachkollegen vor.

Anschließend führt Meister Schräublin die Besucher durch das städtischen Heimatmuseum - in Erinnerung an jüngste Vorfälle zunächst zögerlich, wird aber mit jeder Frage, die der neugierige Professor an ihn richtet, gesprächiger. Notar Siegel muss sich nach einem

Blick auf seine Taschenuhr sehr vernehmlich räuspern, um auf die vorgerückte Stunde hinzuweisen. Man verlässt das Museum und schreitet durch die Gassen dem Hotel *Ritter* zu. Der lange Roman Rumpel hat den kleinen Meister Schräublin am Ellenbogen gefasst, schiebt ihn so vor sich her und erklärt wortreich, weshalb er demnächst wiederkommen müsse, um die Hinterlassenschaft Sigismunds, soweit im Heimatmuseum vorhanden, kritisch zu betrachten.

Grundzüge der heimatkundlichen Forschung – der Vortrag Roman Rumpels am Abend, langweilt die überwiegende Anzahl seiner Zuhörer. Einzig das schauspielerische Talent des Professors überzeugt. Fragen, natürlich nur an die Kollegen seiner Zunft gerichtet, stellt er mit ausgebreiteten Armen. Und deren angenommene Antworten begleitet er mit Handbewegungen, die erkennen lassen, was er an diesen als unbelegt und daher für offen hält. So dirigiert er den Fluss seiner Rede und bemerkt nicht, wie manche seiner Zuhörer zu gähnen beginnen oder unruhig auf ihren Stühlen hin und her rutschen. Er ist in seinem Element, bohrt mit erhobenem Zeigefinger gewissermaßen Durchlässe für seine Folgerungen durch das Gestrüpp der herrschenden Meinung in die stickige Luft des Saales. Die von ihm angenommene Kritik der Kollegen an seinen Erkenntnissen erledigt er mit Achselzucken.

*

Drei Augenpaare folgen nicht nur seinen Gesten, sie blicken auch seinen Sätzen nach, die sich wie Sprechblasen vom Rednerpult aus hinauf zur Saaldecke zwängen. Dort oben, als Gedankenwölkchen angekommen, verdichten sie sich zu einer Art Gewitterwolke, die dem Ende seiner Ausführungen entgegenwabert.

Das muss Roman Rumpel instinktiv erfasst haben. Er sieht einzelnen seiner Sätze auf dem Weg zur Saaldecke hinterher und wirft danach einen kurzen Blick auf sein Publikum. Dabei trifft er stets auf diese drei Augenpaare. Eines gehört Meister Schräublin, der dem Professor die Worte von den Lippen abliest, die beiden anderen zwei älteren Damen. Mit merkwürdig kühler Aufmerksamkeit folgen sie den Ausführungen Roman Rumpels. Sie lachen nicht, wenn die meisten lachen. Sie gähnen auch nicht mit der Mehrheit und rücken nicht unruhig auf ihren Stühlen hin und her. Sie zeigen überhaupt keine Regung. Die ältere der beiden Damen hat die Hände auf einem schwarzen Täschchen übereinander gelegt, die etwas jüngere die Arme vor der Brust verschränkt.

Wir ahnen, wer da außen in der ersten Reihe sitzt und fragen uns natürlich, wie es möglich sein kann, dass Annabelle und Tochter Genoveva bereits um diese Zeit unterwegs sind. Ich kann das nicht erklären, vermute aber, dass es Gespenstern zusteht, gelegentlich außerhalb der Geisterstunde zu erscheinen, wenn ihre Geschichte so nachhaltig berührt wird, wie das der Professor heute Nachmittag dort unten in der Gruft vor ihren Sarkophagen getan hat.

Roman Rumpel schließt seine Ausführungen mit einer kurzen Schilderung seiner Beobachtungen in der Gruft der Stadtkirche und merkt an, dass präzise Nachforschung noch manche Deutung der örtlichen Geschichte infrage stellen könne.

Notar Siegel fordert die Zuhörer zur Aussprache auf. Verlegenes Schweigen im Saal. Von den hinteren Stuhlreihen schleichen einige Mutige bereits zum Ausgang. Da erhebt sich plötzlich eine zarte blasse Hand in der ersten Reihe. Die Köpfe der Anwesenden drehen sich in Richtung der erhobenen Hand.

Wer wagt es, mit dem Professor zu diskutieren?

Die ältere der beiden Frauen, die wir vorhin schon unter den Zuhörern bemerkt haben, meldet sich zu Wort: Ob der Herr Professor nach wie vor an der Behauptung festhalten wolle, Annabelle habe ihren Gatten Sigismund vergiftet, um sich mit jenem lächerlichen Grafen von Dürrenberg in eine verbrecherische Liaison zu begeben, begehrt die Dame zu wissen.

Das habe ich doch gar nicht behauptet!, erwidert ihr der verdutzte Roman Rumpel. So, meint sie, ihr käme es aber so vor, als habe sie das heute aus seinem Mund gehört.

Der Professor verneint abermals und beginnt umständlich zu erklären, dass ein Wissenschaftler nur von Fakten ausgehen dürfe und eine Nachricht von der Ursache des frühen Todes Sigismunds nirgendwo schriftlich festgehalten sei. Lediglich der Volksmund hielt die hier im Saal sicher allen bekannte *Breilöffelschlacht* für die Ursache seines Ablebens. Solchen Überlieferungen dürfe man aber nicht trauen.

Nun meldet sich die zweite der beiden Frauen zu Wort und begehrt vom Professor Auskunft darüber, wie man denn über fünfhundert Jahre hinweg eine Scheinbestattung vortäuschen könne, wo es doch zu allen Zeiten sicherlich neugierige Menschen auf der Welt gegeben habe, die einen Spalt an einem alten Sarkophag gewiss zum

Anlass genommen hätten, einen Blick in das Innere zu werfen. Und wären dabei nicht die Gebeine eines Toten zu entdecken gewesen, so hätte sich das bestimmt herumgesprochen.

Roman Rumpel schwitzt. Allzeit durfte er sich auf sein vorzügliches Gedächtnis verlassen und in diesem findet er keinen Hinweis darauf, am heutigen Abend von einer Scheinbestattung gesprochen zu haben.

Gegen seine gewohnte Zurückhaltung meldet sich Meister Schräublin zu Wort und erklärt, der Herr Professor habe am Nachmittag eine dahin gehende Vermutung anlässlich der Besichtigung der Gruft geäußert. Die beiden sehr verehrten Damen könnten vielleicht von der Kirche aus – die Pforte zur Gruft sei ja offen gestanden – die Worte des Herrn Professors vernommen haben.

Die Damen nicken. Der Professor winkt mit beiden Armen ab. Das sei doch eine ganz roh formulierte Vermutung gewesen, wirft er zu seiner Entlastung ein. Und die solle man hier nicht ernsthaft erwägen. Innerlich schilt er sich, so laut gedacht zu haben. Vernehmlich sagt er, dass er sich in nächster Zeit der weiteren Erforschung der hiesigen Geschichte zuwenden werde, um die Quellenlage vor Ort genau zu überprüfen. Dabei sieht er freundlich zu Meister Schräublin hinüber. Und mit einem Lächeln, das offensichtlich um Verständnis für die Leidenschaft eines Heimatforschers werben soll, bemerkt er in Richtung der Fragerinnen, dass der Hauch von Abenteuer, der nun einmal über der Heimatgeschichte läge, auch einen Professor gelegentlich zu Spekulationen verführe.

Und, nicht wahr, wendet er sich ihnen feinsinnig argumentierend zu, *weshalb soll ein spröder Wissenschaftler nicht auch einmal in das*

*Netz der Verführbarkeit geraten? Die Kunst des Verführens wird einer schö-
nen Frau, wie die edle Tote der Überlieferung nach eine war, zu Lebzeiten
nicht gänzlich unbekannt gewesen sein.*

Das hätte er besser nicht gesagt!

Notar Siegel beschließt den Vortragsabend mit den Worten: *Ihr For-
schungsbericht, Herr Professor, hat in den Reihen Ihrer Zuhörer ein
munteres Echo gefunden.*
Ist das diplomatisch? Auf jeden Fall übertrieben, wie man dem
eilig zu Häppchen und Sekt eilenden Publikum des Kulturkreises
anmerken kann.
Man trifft sich im Nebenraum vor einem gerichteten Buffet, ohne die
beiden älteren Frauen, was aber niemandem auffällt, wohl aber
die Unruhe, die plötzlich vor dem Eingang des Hotels entsteht. Ein
Automobil ist vorgefahren, zu dieser Stunde ungewöhnlich. Zu
aller Überraschung entsteigen dem Fahrzeug zwei Damen, gut
aussehend und ausgesprochen charmant, wie sich im schalen
Licht der Eingangshalle zeigt. Offensichtlich Französinnen.

Die etwas reifer Erscheinende streift ihre Lederhandschuhe ab
und äußert vernehmlich für die Umstehenden: *Mon Dieu! Quel mau-
vais temps aujourd'hui!* Weil aber darauf niemand reagiert, fährt sie in
jenem merkwürdigen Deutsch fort, das, wird es von einer Dame gebraucht, bei den Herren in unserem Land ein gewisses Kribbeln verursacht. *Iiisst in diese Ha-uss pour zwei-i loun-ge gereisste Dammen noch
eine Appartement frei-i?*

Währenddessen beugt sich die Jüngere zur soeben vorbei-
schauenden Hauskatze hinab, um sie mit *O là, là!* zu streicheln. Das
brave Tier scheint geradezu ein gruseliger Schauer zu befallen. Die

Katze sträubt die Rückenhaare, faucht und entschwindet in langen Sätzen.

Inzwischen ist der Chef des Hauses hinzugetreten. *Wui, wui,* lässt er vernehmen. *Wir haben selbstverständlich noch eins libre, pur Wu, Medams!* Listig fügt er hinzu: *Avant, Sie haben gewiss nötig eine récréation.* Er komplimentiert die Damen in die Gasträume und hat sich keinesfalls geirrt, wenn er darauf spekuliert haben sollte, dass sich die honorige Runde um den Gelehrten den Damen sofort zuwenden würde.

Roman Rumpel, ein eher trocken zu nennender Gelehrter und obendrein Junggeselle, hat der genossene Sekt ungemein belebt. *Welch eine Botschaft der Götter! Zwei charmante Damen aus unserem Nachbarland zu so später Stunde! Seien Sie willkommen in unserer Runde!*, sprudelt er hervor und beugt sich galant über die ihm zum Kuss gereichten Hände. *Was führt Sie in dieses verschlaf . . ."* - er korrigierte sich - *zauberhafte mittelalterliche Städtchen zu garstiger Winterszeit?*

Die Damen sehen sich verschmitzt an. Auf ein Augenzwinkern der älteren hin antwortet die jüngere: *Wir si-ind à la recherche gekommen. Wegen die zwei-i Geiste, welche maken sollen ihre Spektakel. Man sagt so in Ihre Sprache?* Die Umstehenden sehen sich verdutzt an. Der Professor aber ist entzückt.

Herrlich! Zwei – ich darf doch sagen – äußerst charmante Französinnen zur mitternächtlichen Stunde auf der Suche nach einem Gespenst inmitten der Lokalprominenz in einem gottverlassenen deutschen Provinznest. Unter lautem Lachen schlägt er sich mit der flachen Hand auf den Oberschenkel.

Non, non! Pas seulement une, mais deux Gespenstinnen, deux dames, qui étaient mortes avant cinq-cents années, wirft die ältere ein.

Ach so, entgegnet der Professor immer noch lachend, *wenn's weiter nichts ist! Die kommen beinahe täglich um diese Zeit hierher zu einem späten Aperitif.*

Er hakt die beiden Damen unter und führt sie zum Buffet, wo sie, wie er meint, etwas für ihr leibliches Wohl fänden. Für alle weiteren Bedürfnisse wolle er hernach gerne zur Verfügung stehen.

Die Gattinnen des Notars und des Bürgermeisters finden in seltener Einigkeit den Auftritt des Professors degoutant. Erhobenen Hauptes verlassen sie den Raum, nach und nach gefolgt von den restlichen Damen der Gesellschaft. Die Herren bemerken davon nichts. Die sind bemüht, den beiden Französinnen die Vorzüge eines kalten Buffets in Allemagne nahezubringen. Auch dem angebotenen Sekt sprechen die Damen zu, lachen viel und entzücken die Herren mit ihrem reizenden Kauderwelsch.

Ein dicklicher junger Mann, mit einer verrutschten Brille in seinem schwitzenden Gesicht, strengt sich ganz besonders an, in die unmittelbare Nähe der weiblichen Gäste zu gelangen. Vergebens! Allemal stößt ihn ein Ellenbogen kurz vor dem Ziel zurück. So hat er Gelegenheit, dieses gesellschaftliche Ereignis mit Abstand zu betrachten. Zu seinem Erstaunen ist der Fußboden stets dort feucht, wo sich die Damen aufgehalten haben. – Das erinnert ihn an etwas. Aber an was nur?

Die Stimmung des Professors erreicht den Höhepunkt. Er setzt sich an das Klavier, welches hier natürlich nicht fehlt, und beginnt Musette-Walzer und bekannte Chansons zu spielen. Er summt vernehmlich mit, und die Damen nehmen sein Spiel beifällig auf, das sie als *excellent* bezeichnen. Zwischendurch erkundigen sie sich, wann nun endlich *die beiden Gespenstinnen* zur angekündigten Aperitif-Runde einträfen.

Vielleicht sind sie schon unter uns, scherzt Roman Rumpel und gestattet Notar Siegel, ihn am Klavier abzulösen. Der lässt seinerseits die *Donauwellen* hochschäumen. Da greift der Professor nach der Älteren der beiden Damen und beginnt sich mit ihr im Walzertakt zu drehen. Der dickliche junge Mann sieht seine Chance gekommen, schnappt sich mit forschem Zugriff die Jüngere und stürzt sich mit ihr mutig in den Walzerrhythmus des klavierspielenden Notars.

Aber was geschieht da plötzlich? Man rätselt später im Städtchen noch lange darüber: Alle Anwesenden fühlen geradezu einen Zwang mitzutanzen - der lange Apotheker Wendehals mit schlackernden Gliedern und ein jeder, wie es ihm gerade einfällt. Notar Siegel ist vom Klavier aufgesprungen und tanzt mit über der Brust verschränkten Armen. Der Wirt kommt herein, um freundlich aber nachdrücklich um Ruhe zu bitten. Stattdessen springt er auf einen Tisch und tanzt.

Irgendwoher kommt Musik, Musik wie von tausend verzauberten Geigen. Sie kommt von den Wänden, aus der Zimmerdecke, und selbst aus dem Fußboden dringt sie in die Ohren der Tanzenden. Doch es ist kein Ton einer Musik zu vernehmen.

Der Nachtportier, draußen in seiner Loge durch das Getrappel der vielen Füße aufmerksam geworden, blickt vom Flur aus in das Nebenzimmer. Da sieht er zunächst den Herrn Bürgermeister mit geschlossenen Augen und verzücktem Gesichtsausdruck an der weit geöffneten Tür vorbeischweben, gefolgt von Notar Siegel und den anderen Herren. Professor Rumpel hält einen Bodenschrubber, mit feuchtem Wischtuch obenauf, innig umschlungen. Der dickliche junge Mann bemüht sich intensiv einem Mopp das Walzertanzen beizubringen.

Ein gespensterhafter Anblick!

Der Nachtportier hat vor Erschrecken die Augen weit aufgerissen, die ihm zuvor noch zuzufallen drohten. Da schlägt es ein Uhr. Von der nahen Stadtkirche dringt der Glockenschlag herüber. Wie angewurzelt bleiben die Tanzenden stehen. Sie erwachen aus einem Trancezustand, noch sekundenlang in der letzten Pose ihrer Walzerschritte verharrend, Professor Rumpel mit dem Bodenschrubber in den Armen, der dickliche junge Mann mit dem Mopp. Von Peinlichkeit berührt blickt man sich an.

Aber wo sind die Damen aus Frankreich geblieben?

Ein hohles Kichern war ihr letztes Zeichen. Das hätten die von ihnen Gefoppten hören können, wären sie dazu fähig gewesen. So aber zupft nun jeder an seiner Kleidung, klopft sich eingebildeten Staub von den Hosenbeinen und versucht möglichst rasch an Hut und Mantel zu gelangen. Der Professor greift am Brett der Portiersloge hastig nach dem Zimmerschlüssel und verschwindet, zwei Stufen auf einmal nehmend, in die obere Etage.

Nur der dickliche junge Mann findet den Mut, den Nachtportier nach dem Verbleib der Frauen zu fragen. Angeblich sollen sie ja hier im Hotel nächtigen. Nein, kein Eintrag im Gästebuch. Er tritt vor das Haus und blickt über die leere Straße. Im leichten Neuschnee keine Spuren von einem Automobil. Sollte das alles ein Spuk gewesen sein?

Er schüttelt sich, sein Schädel brummt. Wer weiß, vielleicht haben die eifersüchtigen Ehefrauen ihren um die Damen aus France gescharten Männern ein Pülverchen in den Sekt gegeben, ihm inklusive. Das könnte ja sein, aber nicht bewiesen! Also kein Grund, dem Artikel über Roman Rumpels Vortrag, der sich in seinem Kopf geformt hat, eine Zeile anzufügen.

Ein anderer wälzt sich in seinem Hotelbett: Roman Rumpel findet keinen Schlaf. Der Gedanke lässt ihn nicht los, dass ein Zusammenhang bestehen könne zwischen den beiden fragenden Frauengestalten am Ende seines Vortrags und zwei Französinnen auf Gespenstersuche. Aber nein, für einen an Tatsachen orientierten Wissenschaftler kein Anlass, länger darüber nachzudenken! Es muss der Sekt gewesen sein! – Dann dreht er sich zur Seite.

Der Küster der Stadtkirche wundert sich Tage später, dass ein verwelkter Blumenstrauß auf Annabelles Sarkophag liegt und ein kleinerer auf Genovevas – Winterastern!

◆

Die letzte Geschichte

Auf der Festwiese unten am Fluss vor dem Schwimmbad ist vom Stadtfest ein kleiner Wohnwagen zurückgeblieben, bewohnt und nicht nur abgestellt. Der Magier lebt darin, ein älterer Herr, vermutlich einiges über Sechzig, schlank, vital und doch zurückhaltend. Bereits aus der Distanz ist er als Persönlichkeit wahrzunehmen. Die Schar der Schausteller und Budenbetreiber ist ohne ihn weitergezogen.

Stadtamtmann Bär kennt sein Alter und den Grund des Verbleibens. Was darüber hinaus zu sagen wäre, unterliegt der dienstlichen Schweigepflicht. Herr Bär heißt nicht nur so, sondern entspricht mit seiner stattlichen Figur und seiner ruhigen Art annähernd dem Namensvetter.

Der Eigentümer der Schiffschaukel hatte den Magier mitgebracht, dessen Wohnwagen angehängt an eines der Materialfahrzeuge. So war der alte Herr zwar von der Kirmes davor hier angekommen, aber mitgenommen hat er ihn nicht. Verletzte Eitelkeit oder Neid? Beides ist möglich: Bei den engen Beziehungen, die Kirmesleute schon aus Gewohnheit miteinander pflegen, kann ein klares Wort zur falschen Zeit unangenehme Folgen haben.

Und nun ist der Magier wohl genötigt, den Winter unten auf der Wiese am Fluss zu verbringen. Zu alt und zu müde, sich um Anschluss an die herumziehenden Kirmesleute – man spricht ja von fahrendem Volk – zu bemühen.

So ganz übersehen hat man ihn jedoch im Städtchen nicht, und wie so oft, kommt die Hilfe leise: Jemand bringt Holz für den kleinen Ofen; abends kann er sich beim Bäcker Brötchen abholen, die man den Tag über nicht verkauft hat, und eine unbekannte Person legt ab und zu eine Tüte mit Lebensmitteln und Kerzen auf den Holzstufen vor seinem Wohnwagen ab.

Du wirst sagen, der Mann braucht mal eine Dusche und natürlich die Toilette. Auch das ist geregelt. Der Bademeister des Schwimmbades wohnt mit seiner Familie in einem städtischen Häuschen auf dem Gelände nebenan. Es ist gut, ihn das ganze Jahr über hier zu haben, denn in einem Schwimmbad, vor allem in einem älteren, gibt es ständig etwas zu reparieren, zu streichen und zu pflegen.

Dieser Bademeister, ein verantwortungsbewusster Mann, wie wir an anderer Stelle erfahren haben, hält einen Seiteneingang offen. So kann der alte Herr das WC im Schwimmbad benutzen und samstags, wenn der Bademeister für seine Familie die Heizung der Dusche anwirft, auch duschen. Herr Bär hat das mit dem Bademeister augenzwinkernd abgesprochen. Das bedeutet: Die Stadtverwaltung sieht weg und der Bademeister hin.

Aber so ganz wohl ist es Herrn Bär bei dieser Regelung nicht. Einer wie Doktor Fürchtegott könnte eines Tages auf diesen Zustand aufmerksam werden und im Stadtrat eine Debatte mit dem Ziel anzetteln, den alten Herrn unverzüglich in einem Altersheim – bitte nicht in unserem städtischen Bürgerheim! – unterzubringen.

Eines der Wohlfahrtspflege befindet sich zwar in der Kreisstadt, aber es ist belegt! Das hat Herr Bär inzwischen festgestellt. Seiner Ansicht nach ist der Mann hier im Augenblick besser aufgehoben, als auf einer bürokratisch gelenkten Tour von Altersheim zu Altersheim. Man sollte zunächst einmal abwarten. Eventuell ergibt sich eine Lösung auf privater Basis.

Der gegenwärtige Zustand darf aber nicht zu lange andauern. Der Winter kann sehr kalt werden und der Wohnwagen ist alt, also schlecht isoliert. Der Mann lebt dort unten ziemlich einsam, traut sich offenbar kaum in das Städtchen hinauf und könnte irgendwann krank werden. Wer würde das rechtzeitig bemerken? Fragen und kaum Antworten.

Familie Bär kommt oft am Wochenende vorbei und schaut nach dem Alten. Der freut sich über die Besucher, ist aber recht zurückhaltend. Meistens zieht er sich an den kühlen Herbsttagen nach einer halben Stunde fröstelnd in seinen Wohnwagen zurück.

*

Eines Nachts streifen unsere beiden Gespenster über das Festgelände, kichern vor sich hin, weil sie der Festplatz an den Journalisten in der Geisterbahn erinnert. Hat man die Rummelplatzklänge noch in den Ohren, die blinkenden Lichter an der Schiffschaukel vor Augen, empfindet man die Öde des Ortes in der nebelfeuchten Novembernacht besonders deutlich. Auch Gespenster scheinen die Stimmung so wahrzunehmen, und die regt die Fantasie Klein-Genovevas an. Wie Kinder sind, stellt sie sich etwas Schönes vor und verdrängt damit die Tristesse der Wirklichkeit.

Weißt du, Mammi", meint sie schwärmerisch, *im Winter könnte hier ein Eispalast sein. Die Wände glitzern im Mondlicht und auf einer Eisbahn rutschen die Menschen bei Musik auf solchen kleinen Stangen unter den Schuhen herum.* Mit weit ausholenden Bewegungen malt Genoveva den Eispalast in die spätherbstliche Nachtluft und sieht sich als Eisprinzessin in einem wunderschönen Kleid, einem gelben selbstverständlich, über das Eis schweben.

Du sprichst von Leuten auf Schlittschuhen, verbessert Annabelle die technische Seite des Fantasiebildes ihres Töchterchens. Erwachsene sind so, das beeindruckt Kinder aber nicht unbedingt.

Jaaa, fährt das kleine Gespenst in seiner traumhaften Vorstellung von dem, was hier sein könnte, fort. *Und dann kommen Prinzen und Prinzessinnen in weißen Schlitten, von Schimmeln gezogen und . . . und . . .* - sie sucht nach einer sinnvollen Betätigung für diese feinen Leute - *heiraten sich hier.*

Schau mal da drüben, Genoveva! Einer scheint schon angekommen zu sein. Annabelle weist auf den kleinen Wohnwagen des Magiers am Rande der Festwiese.

Aber Mammi, so einer doch nicht! Der sieht doch viel zu ärmlich aus! entgegnet entsetzt das noch in seiner Märchenwelt verweilende kleine Gespenst.

Für uns vielleicht ein Grund, doch hinzuschauen, meine Kleine!, meint das große Gespenst nachdenklich.

Sie hat den Wohnwagen erkannt. Der Wagen des Magiers stand beim Fest hinter der alten Geisterbahn. Beides keine Attraktionen, von einem bestimmten Ereignis abgesehen.

Aus dem Fensterchen dringt Licht, das flackernde Licht einer Kerze. Drinnen sitzt ein alter Mann im Mantel, eine Decke über den Schultern und schreibt mit einem Bleistift in ein dickes, abgegriffenes Notizbuch. Er muss es schon gut gefüllt haben, denn nur noch wenige Seiten sind unbeschrieben.

Nein, sich durch Tür- oder Fensterschlitze in den engen Raum zu zwängen, das wäre in diesem Fall unangemessen. Soviel steht für Annabelle fest: Wer zu einem Menschen Kontakt aufnehmen will, muss ihm gegenübertreten. Aber in welcher Weise, wenn man selbst nicht mehr über einen Körper verfügt, den sichtbaren Teil der Existenz eines Wesens?

Die Rolle der alten Damen hält das große Gespenst für verbraucht, hier auch nicht recht passend. Der Magier könnte sich von zwei neugierigen alten Tanten belästigt fühlen. Aber Kindern gegenüber, vor allem um diese Stunde, wird er sicher aufgeschlossen reagieren, und ihre Naivität kann eine Hülle sein, unter der die Erkenntnis des Wesentlichen getragen wird.

Deshalb stehen wieder einmal – man erinnere sich an das Stadtfest! – zwei niedliche Mädchen vor dem Wohnwagen. Ich brauche sie nicht zu beschreiben, du kennst sie schon. Sie klopfen zaghaft an die Tür. Der alte Mann steht auf, öffnet und sieht sich zu seiner Verwunderung zwei hübschen Mädchen in Sommerkleidchen gegenüber. Die müssen zunächst mal in die Wärme, sagt er sich.

Kommt rein, Mädchen! Ihr erfriert ja da draußen. Zögernd folgen sie seiner Aufforderung; er steckt ein weiteres Holzscheit in den kleinen Ofen. *Wo kommt ihr denn zu dieser Zeit in solch luftiger Kleidung um alles in der Welt her?*

Die Mädchen sehen sich verlegen an, dann beginnt endlich die größere zu reden. *Ach, unsere Familie feiert drüben im Restaurant ,Reblaus' ein Fest, und uns wurde langweilig. Wir sind dann mal rausgegangen und haben Ihren Wohnwagen wiedererkannt und das Licht im Fenster gesehen.* Die kleinere kann sich nicht länger zurückhalten: *Sind Sie vielleicht der Zauberer vom Stadtfest?*

Der Auftritt scheint zu überzeugen. Die Sache hat nur einen Fehler: Das Restaurant *Reblaus* gibt es nicht! Das merkt der alte Mann sofort, er versucht nicht die Lüge aufzudecken. Hinter diesen Mädchen muss etwas anderes stecken, als ein simpler Fluchtversuch behüteter Kinder aus familiärer Obhut. Gegen eine so einfache Begründung spricht die ungewöhnliche Stunde. Als Magier hat er einen Sinn für das Geheimnisvolle. Zunächst von Vorteil für beide Seiten, denn so behält diese Begegnung die Poesie des Außergewöhnlichen. Dennoch bleiben die Zweifel des alten Mannes spürbar. Es muss etwas geschehen, was Vertrauen schafft - zumindest fürs Erste, sagt sich das große Gespenst.

Wir haben schon seit langem Ihren Wohnwagen an dieser Stelle gesehen und fragen uns, was einen Magier an einem solchen tristen Ort in kalter Jahreszeit hält, beginnt Annabelle nun in einem ganz anderen Tonfall, der nicht mehr zu einem kleinen Mädchen passt. *In einem gewissen Sinn könnte man sagen, dass uns Ihre Welt nicht gänzlich fremd ist. Bitte, versuchen Sie aber nicht unsere Herkunft zu ergründen. Unsere Mission wäre im gleichen Moment beendet und wir müssten Sie verlassen.*

Träume ich oder wache ich?, fragt sich der alte Mann. Er entschließt sich für den Traum, denn Träume verpflichten nicht, ihren Wahrheitsgehalt zu erkennen. Sie sind ein Spiel mit Möglichkeiten, die man im wachen Zustand nicht glaubt annehmen zu dürfen. Das weiß der erfahrene Magier in seiner Einsamkeit. Und obendrein sind es zwei angenehme Boten aus dem Reich der Träume, die zu ihm gekommen sind.

Er streckt die Beine aus, schließt die Augen und sagt leise: *Ich werde nicht fragen.* Zögernd fährt er fort: *Hier bin ich, weil man mich nicht mitgenommen hat. Das sollte wohl so sein.* Er stockt. *Ich lasse mich in der Zeit treiben, denke nicht voraus und schreibe auf, was mir im Leben begegnet ist. Irgendwann werde ich am Ende angelangt sein.*

Er öffnet die Augen. Die beiden Mädchen sind verschwunden. Ja, so ist das mit Träumen. Sie sind Momente, in denen man mit inneren Augen sieht. Sie verflüchtigen sich so plötzlich, wie sie gekommen sind. Das kennt er. *Gut*, sagt er sich, *so werde ich noch ein wenig schreiben und mich dann auf meine Pritsche legen.* Was gewahrt er aber auf der nächsten freien Seite seines Buches?

Wir werden wiederkommen - bald! – Die Mädchen

Also war der Besuch mehr als ein Traum. Dennoch traut er dem nicht, was ihm soeben begegnet ist: Er könnte die Worte im Wachtraum selbst geschrieben haben. Ja, so wird es gewesen sein! Er streift die Hose herunter, legt sich im Mantel auf die Pritsche, zieht zwei Decken über sich und löscht die Kerze.

Am frühen Morgen wird er durch heftiges Klopfen geweckt. Wer sucht ihn so zeitig in der Morgenstunde auf? Es ist der Bademeister.

Dessen besorgtes Gesicht hellt sich auf, als der Alte die Tür öffnet. *Na, Gott sei Dank, Sie leben noch!*, sagt er aufatmend. Der Magier bringt kein Wort hervor. Die denkwürdige nächtliche Begegnung schwirrt in Bildern durch seinen Kopf: Botinnen aus einer anderen Welt? – Engel? – Engel sind doch Boten! - Schließlich fragt er leise: *Aber weshalb sollte ich denn gestorben sein?*

Diese einfache Frage enthält bereits einen Teil der Antwort. Wer tatsächlich tot ist, wird nicht nach der Ursache fragen können. Schön, ich gebe zu, dass wir drei Ausnahmen kennengelernt haben. Aber Ausnahmen sind nicht die Regel, denn sonst wäre die Welt zu einer gewissen Stunde voller Gespenster. Ein wandernder Schatten im Zimmer ist nichts anderes, als die Folge einer bewegten Lichtquelle - der Straßenlampe, die im Wind schaukelt oder der Scheinwerfer eines vorbeifahrenden Autos. Möbel quietschen in der Stille der Nacht, weil Holz sich verzieht, oder eine streunende Katze wirft eine Blechdose um und verursacht ein Klappern. Gespenster sind es nicht, die uns erschrecken.

Der Bademeister hat einen sehr realen Grund für seine Besorgtheit. *Die Lüftungsklappe am Wagen hinter Ihrem Ofen ist zugefallen. Reiner Zufall, dass ich das vorhin bemerkt habe. In der schwelenden Glut kann sich ein Gas bilden, das man Kohlenstoffmonoxid nennt. Und das wirkt tödlich, wenn es eingeatmet wird. Sie müssen unbedingt darauf achten, dass diese Klappe geöffnet bleibt.*

Bademeister sind praktische Menschen und haben Ahnung von derartigen Vorgängen, die unsereins nicht beachtet. Man hat längst vergessen, was man einmal im Chemie-Unterricht erfuhr. So geht es auch dem alten Herrn. *Natürlich*, sagt er, *Sie haben Recht. Ich werde künftig besser auf die Klappe achten.*

Auf diesen Schrecken hin brauchen wir beide ein vernünftiges Frühstück, Herr Balduin. Der Bademeister kennt selbstverständlich den Namen seines Nachbarn. *Richten Sie sich mal und kommen Sie dann zu uns rüber, wir frühstücken zusammen.* Er wendet sich um und geht über den Festplatz hinüber zu seinem Häuschen.

Am Nachmittag dann ein Spaziergang entlang des Flusses, am Abend Kartoffeln aus der Pfanne auf dem kleinen Ofen und nun ein Pfefferminztee und das Heft. Kein schlechter Tag! Der alte Mann blättert, liest hier und dort, was er festgehalten hat und verliert sich in Erinnerungen.

Das Eintreten von Dorothee in sein Leben: Wie er, studierte sie Philosophie. Sie heirateten ohne ernährende Berufe. Den Ersten Weltkrieg überstand er an der Westfront, die mageren Jahre danach als Lektor in einem kleinen Verlag. Dorothee trug zum Überleben bei. Mit Unterstützung ihrer Eltern übernahm sie in Berlin ein Antiquariat. So überstanden sie wirtschaftlich schwierige Zeiten. Dann entzog ihnen der Machtwechsel die Existenzgrundlage. Als Juden waren sie plötzlich keine Mitbürger mehr und bald Verfolgte. Dorothee und er flüchteten nach Griechenland, fanden aber keinen Halt in diesem Land, in das auch bald der Krieg kam. Erneute Flucht über die Inseln, bis sie endlich Palästina erreichten und sich im Norden am Aufbau eines Kibbuz beteiligten. Harte Arbeit, Mangel an vielem in diesen Jahren und der Kampf um das Überleben mit der Waffe. Dorothee verließen die Kräfte. Was sie für eine Folge entbehrungsreicher Jahre gehalten hatten, war in Wirklichkeit ein Krebs in fortgeschrittenem Stadium. Sie starb 1944.

Balduin verwand den Schmerz des Verlustes nicht. Er kehrte nach dem Krieg zurück und glaubte, dort anschließen zu können, wo er abgebrochen hatte. Vom Haus, in dem sich das Antiquariat befand, standen nicht einmal mehr die Außenmauern. Er musste arbeiten, um zu leben. In der Baubranche fand er Beschäftigung. Im Kibbuz hatte er so manches gelernt, was ihm hier nützlich war. Aber sein selbständiges Denken und Handeln machten ihn unbeliebt. Alte Schatten stiegen auf. Man wollte ihn, den Juden, noch immer nicht. So kam er zum fahrenden Volk. Mathilda, eine betagte Wahrsagerin, nahm ihn auf und lehrte ihn ihre Kunst. Er wurde Magier und Wahrsager und nach Mathildas Tod ihr Nachfolger auf den Jahrmärkten. Nicht unbedingt nur schlechte Jahre, nein, gewiss nicht. Aber nun ist er alt, nicht eingebettet in die Solidarität einer Schaustellersippe, abgestellt auf einer Wiese am Fluss.

Leid hat er erfahren, aber Selbstmitleid kennt er nicht. Die Worte, in denen er sein Leben beschreibt, sind nüchtern, seine Sätze klar. Die zwölf Glockenschläge vom Turm der Stadtkirche hat er nicht wahrgenommen und auch nicht bemerkt, wie ihm jemand beim Schreiben über die Schulter sieht.

Das muss heute sein, hatte sich das große Gespenst gesagt und dem kleinen den Auftrag erteilt, die nasse Wäsche des Magiers auf dem zwischen Wohnwagen und einem Baum gespannten Seil aufzuhängen. Er hatte über die Gedanken an seine Texte, die ihm schon während des Spaziergangs in den Kopf gekommen waren, die Wäsche draußen in der Schüssel vergessen.

Das Kind wird längst die Wäsche aufgehängt haben, und das große Gespenst hat nun auch genug erfahren, um zu verstehen. Heute wäre die Mädchenrolle unangemessen. Und dann stehen zwei

Frauen vor dem Wohnwagen. Der alte Mann öffnet und scheint kaum erstaunt zu sein, ja, höchstens ein bisschen unsicher. *Kommen Sie herein*, sagt er. *Sie haben sich ja angekündigt.*

Wenn Sie das so sehen, beginnt die ältere der Frauen, *so können wir uns kurz fassen. - Man wird Sie aufsuchen und Ihnen ein Angebot unterbreiten. Das Angebot wird von einem Bürger dieser Stadt kommen, einem durch und durch verlässlichen Menschen. Und Ihre Bereitschaft, es anzunehmen, wird für uns, meine Tochter und mich, von großer Bedeutung sein.* Nach einer Pause des Nachdenkens fügt sie an: *Es sind Vertrauen und Treue, welche die Spur verwischen, die durch Schuld und Zweifel führt, um uns aus einer für die Lebenden nicht erfassbaren Pflicht zu lösen.*

Während sie spricht, werden die Gestalten der Frauen unscharf, lösen sich mit jedem der Worte mehr und mehr auf. Der letzte Satz kommt mit seltsamem Hall von weit her wie aus einem Nichts. Im Ofen knistert das brennende Holz; die Flamme der Kerze hat nicht geflackert.

Der alte Mann tritt vor die Tür des Wohnwagens. Die Nacht ist klar. Man könnte meinen, dass einer der vielen Sterne heute deutlicher als gestern funkelt, ein blinzelndes Auge von sehr weit draußen. Und man braucht Fantasie, um das wahrzunehmen, Fantasie, die einem Magier eigen ist.

Auch ein anderer braucht Fantasie, nachdem er auf seinem Arbeitstisch einen Brief in einem unverschlossenen Kuvert vorgefunden hat. Unverschlossen, weil Gespenster die Gummierung nicht ablecken können, wie wir das tun würden.

Das Kuvert ist schwer, zu schwer für ein Blatt Papier. Es enthält eine Münze. Meister Schräublin nimmt sie heraus, wiegt sie auf der Hand. Ein Golddukaten böhmischer Prägung, das zeigt der Blick durch eine Lupe. Im Kuvert ist auch ein Blatt, kariert und aus einem Notizbuch herausgerissen. Mit schwungvoller Schrift steht in einem altertümlichen Deutsch mit Bleistift geschrieben:

Hoch geschätzter Meister der die Zeith messenden Apparate!

Die Unsrige wird alsbald abgelaufen sein sobald eine Bedingung sich erfüllet hat, die eine Besondere sein soll. Ihr werdet Eures reinen Herzens wegen Derjenige sein, der diese That verrichten kann. Begebet Euch an den Fluss und bietet einem hier in Armuth Hausenden Obdach. Es soll nicht Euer Schaden sein. Zum Zeichen Unserer Dankbarkeit nehmet diese Münze, welche man Uns auf die lange Reise mitgegeben hat. Alsdann dekorieret brav die Kirche, wie Ihr das Allzeith thut und sprechet ein Gebet dem Herrn aller Gnaden und gedenket Unser.

Frau Schräublin hat die Werkstatt betreten, sieht ihren Mann einen Brief lesen. Stumm reicht er ihn ihr. Sie liest, betrachtet die Münze und meint schlicht: *Gut, dann machen wir das so, Philipp!* – So ist sie eben.

◆

Damit endet eine Geschichte und eine andere beginnt. Es gibt im Leben keinen Stillstand, lediglich der eine oder andere von uns verlässt die Bühne. Das ist das Gesetz der Natur. Woanders gelten andere Gesetze, das darf man vermuten. Und nach diesen finden nun zwei Gespenster – halt! das faule dritte auch – ihre Ruhe.

Ein rundlicher älterer Herr sucht nun vergeblich nach überraschenden Ereignissen in der kleinen Stadt. Nichts dergleichen mehr! Aber ein Neubaugebiet mit einem Handwerkerpark, einer Tankstelle und einem Supermarkt ist entstanden. Das Fernsehen hat Einzug in die Häuser gehalten; man sieht es an den Dachantennen. Und bei der Übertragung von manchen Fußballspielen sind die Gassen wie leergefegt. Linienbusse befördern die Pendler auf der neuen Kreisstraße. Zwei alte Dampflokomotiven ziehen zur Freude der Touristen Sommer-Sonntags ihre Waggons von der Kreisstadt herauf. Im Gasthaus *Zum stacheligen Igel* freut man sich über die zusätzlichen Gäste.

Bürgermeister Glatt ist pensioniert. Fräulein Meisel – ab jetzt Frau Meisel bitte! – hat gelernt, mit einem Computer umzugehen. Die *Tanzbar für gesellige Stunden* aus der Schustergasse nennt sich *Disco XL* und hat im Neubaugebiet einen fensterlosen Flachbau bezogen. Die Stammtische sind neu besetzt.

Und Herr Balduin? Der rüstige alte Herr hat ein Buch geschrieben. *Einmal Israel und zurück* ist sein Titel, und immer wieder wird er zu Lesungen eingeladen. Dorothees Verwandte haben sich bei ihm gemeldet. Das hat ihn besonders gefreut. Er selbst hat ja keine mehr in diesem Land, aber zwei gute Freunde: Meister Schräublin und seine Frau.

Die stellt nun freitags auch in der Gruft unter dem Chorraum der Stadtkirche einen frischen Blumenstrauß auf. Zum Niesen reizt er hier niemanden mehr . . . zur Geisterstunde.

◆

Nachwort

Kinder hören gerne Geschichten. Das wissen Eltern und besonders solche, die ein kleines Mädchen haben, das nicht einschlafen will. Bei soviel Ausdauer im Zuhören sind bald alle Bücher im Haus vorgelesen, die ein kleines Mädchen interessieren. So kommen jene an die Reihe, von denen man annimmt, dass das Töchterchen, bei kindgerechter Auswahl der Textpassagen, doch Interesse entwickelt.

Resultat: Das kleine Wesen langweilt sich nach kurzer Zeit, der vorlesende Vater auch. Und im Dämmerlicht der Nachttischlampe, die harte Kante des Kinderbettes spürend, hört er in sein Vorlesen hinein die frisch gebadete, aber quicklebendige Tochter einwerfen: „Papi, das Buch ist blöd! Erzähl mir lieber eine Geschichte." Und nach kurzem, sehr kurzem Nachdenken: „So von früher vielleicht, als du noch klein gewesen bist."

Ja, da hat man ein Problem! Der Vater könnte das Licht löschen und das baldige Einschlafen anmahnen. Die vertraute abendliche Stimmung im Kinderzimmer wäre dahin, das Direktive in seinen autoritätsverdünnten Erziehungsstil eingebrochen. . . . . oder eben doch erzählen? Wir schreiben das Jahr 1972.

Mit dem Erzählen aus der eigenen Kindheit mag es einige Abende gut gehen, dann ist der Vorrat an Ereignissen verbraucht, an die man sich noch einigermaßen erinnert. Man gerät in Wiederholungen, was das kleine Biest natürlich sofort bemerkt. „Nein, nicht schon wieder von der fremden Katze auf deinem Bett erzählen! Die Geschichte kenne ich schon. Vielleicht eine von einem anderen Tier."

Tiergeschichten sind nicht jedermanns Sache – meine gewiss nicht! Ich mag sie nicht, diese vermenschlichten Katzen, Hunde und Pferde. Und die Geschichte von der Wolfsmutter und der bösen Meckerziege kennt die Tochter aus dem Kinderladen.

So wurde eines Abends die Geschichte vom großen und kleinen Gespenst geboren. Diese beiden körperlosen Wesen trieben nun Abend für Abend im Kinderzimmer ihre Späße mit den Bürgern einer kleinen Stadt. Zunächst spontan, dann musste Systematik her, sonst wäre keine fortsetzbare Reihe möglich gewesen.

In unseren Köpfen entstand die kleine alte Stadt am Hang über dem Fluss mit ihren Örtlichkeiten und einem Set an bestimmten Personen. Die Wesenszüge ihrer Charaktere wurden uns so selbstverständlich wie die gotische Kirche am Marktplatz. Die Ideen entsprangen vorwiegend meiner Fantasie. Doch das, was dann geschah, bestimmte die Tochter eifrig mit: Seifenflocken im Schwimmbad, Limonade im Nachttopf, das Verkleiden der ausgestopften Tiere im Museum. Sogar die Idee vom Eispalast auf der Festwiese stammt von ihr.

Bald erkannte ich die Quelle ihrer Inspiration – das Vorlesen im Kinderladen! Im erwähnten Fall Gianni Rodaris *Favole al telefono*, ein Büchlein aus dem Italienischen. In anderer Weise war es für das betreuende Personal - Mütter und Väter - das *Märchenverwirrbuch* von Iring Fetscher und selbstverständlich Liedgut und Geschichten, wie sie damals das Kindertheater *Rote Grütze* hervorbrachte.

Die Zeit verging. Die Tochter lernte lesen, brauchte vor dem Einschlafen kei-nen erzählenden Vater mehr und kam ab und zu auch schon mal spät nach Hause. Dann, eines Abends, zog sie sich einen Stuhl an meinen Schreibtisch, setzte sich zu mir und fragte nachdenklich: „Du Papa, erinnerst du dich noch an die Geschichten vom großen und kleinen Gespenst, die du mir früher erzählt hast?"

Ach, die kindliche Anhänglichkeit einer soeben die Pubertät überstanden habenden Tochter kehrt zurück, war mein erster erfreuter Eindruck. Nur für eine kurze Weile, denn ich erfuhr sogleich den wahren Grund: Im Kunstunterricht sei ein Kinderbuch zu gestalten. So etwa drei, vier Bilder mit einer kurzen Geschichte sollten sein Inhalt sein, und man dürfe durchaus Bekanntes wählen – also diese Wolfsmutter mit ihren sieben Wölflein und der bösen Meckerziege. Der Schwerpunkt der Aufgabe liege auf der Verbindung von Text und Bild – aber eben bitte kindgemäß!

Mit der Tochter jetzt über das Verlangen des Kunst-Pädagogen zu diskutieren, erschien mir nicht angeraten. Sie war mit der Erledigung ihrer Aufgabe in Verzug geraten und richtete ihre Erwartung auf den erzählfreudigen Vater. Die paar Zeichnungen würde sie dann schon noch zustande bringen, meinte sie.

So entwichen die beiden Gespenster erneut ihrer Gruft dort unter der gotischen Stadtkirche über dem Marktplatz der kleinen alten Stadt. Wir fanden kaum ein Ende beim Erinnern. „Für die Schule ist das viel zu viel, Papa. – Schreib's doch auf!", riet sie mir.

Und das habe ich getan.

Roland E. Ruf

Freiburg im November 2017

Mein besonderer Dank geht an Claudia und Detlef für ihre Anregungen und tatkräftige Unterstützung beim Entstehen dieses Buches.

Die Handlung und alle handelnden Personen sind frei erfunden. Jegliche Ähnlichkeit mit lebenden oder realen Personen wäre rein zufällig.

Zeitfracht Medien GmbH
Ferdinand-Jühlke-Straße 7
99095 Erfurt, Deutschland
produktsicherheit@kolibri360.de